LE LIVRE DE RAISON

La liste des ouvrages du même auteur
se trouve en page 245

Jacques Attali

Le Livre de Raison

roman

Fayard

Couverture : Nuit de Chine

ISBN : 978-2-213-72214-6

Dépôt légal : avril 2022

« Sois heureux un instant, cet instant, c'est ta vie. »

Omar Khayyām

Ce roman est composé de douze lettres écrites par des membres d'une même famille. Les dix premières ont été envoyées juste avant de mourir à un ou une ou plusieurs de leurs enfants.

1) 4 février 1930 à Lyon, de Jean Chardin à François et à Paul Chardin
2) 6 septembre 1940 à Condrieu, de Louise Chardin à Paul Chardin
3) 30 mars 1944 à Auschwitz, de Julia Pollock-Chardin à Yves Chardin
4) 29 août 1944 à Lyon, de François Chardin à Yves Chardin
5) 6 octobre 1963 à Saint-Servan, de Rachel Juvisy-Chardin à Benjamin Chardin
6) 6 mai 1992 à Hong Kong, de Li Mei Xin-Chardin à Sophie-Julia-Lian Chardin
7) Avril 1993 à Lausanne, de Paul Chardin à Benjamin Chardin
8) 15 septembre 2015 à Jérusalem, de Laila al-Khalzidi-Chardin à Pierre-Abdul Chardin
9) 10 avril 2017 à Houat, de Benjamin Chardin à Sophie-Julia-Lian Chardin
10) 4 novembre 2021 à Yemin Moshe, d'Yves Chardin à Pierre Chardin
11) 8 mai 2023 à New York, de Pierre-Abdul Chardin à Sophie-Julia-Lian Chardin
12) 11 mai 2023 à Grignan, de Sophie-Julia-Lian Chardin à Pierre-Abdul Chardin

Le lecteur trouvera un arbre généalogique en fin d'ouvrage, page 238.

1

Lettre de Jean Chardin à ses deux fils, François et Paul Chardin

Hôtel-Dieu, Lyon, 4 février 1930

Mes très chers fils,

Nous, les Chardin, nous ne tenons pas de « Livre de Raison », comme il en existe encore dans certaines familles de la région ; ces cahiers soigneusement reliés et protégés, dans lesquels les aînés, génération après génération, siècle après siècle, notent, en quelques pages, les événements importants de leurs vies. D'abord, évidemment, les achats et les ventes de terres : rien n'est plus important que la propriété.

Certains de mes amis de la vieille noblesse bourguignonne m'ont montré leurs Livres, qui datent du XIVe siècle. Ils en sont si fiers… Comme si eux seuls avaient droit à un passé, et que nous autres, humains de simple origine, étions tout juste sortis du néant, barbares sans mémoire, parvenus sans héritage.

Certes, nous ne sommes pas – et n'avons jamais été – de ces seigneurs désargentés ou de ces marchands anoblis, rivés à un vieux livre de famille. Nous sommes des gens d'ici, aux origines connues, enracinés depuis au moins quatre siècles sur les mêmes terres, nourris des mêmes paysages, meurtris par les mêmes combats. Nos ancêtres se sont mariés dans la même église, et sont enterrés juste à côté d'elle, dans le cimetière de Condrieu où je m'apprête à les rejoindre…

J'ai longtemps hésité avant d'écrire cette lettre. J'aurais pu vous réunir tous les deux, et vous raconter tout cela. Mais je n'aurais pas été capable, à certains moments de mon récit, de soutenir votre regard, ni de répondre à vos questions…

Ne soyez pas surpris de ce que vous allez lire : la vie est absurde, et seuls les romanciers s'acharnent à vouloir lui donner un sens.

Je pensais atteindre au moins l'âge de mon grand-père, Kléber Chardin, mort à quatre-vingt-quinze ans, treize ans après son fils, mon père. Voilà que je vais mourir à cinquante-huit ans. Je n'aurai vécu que quinze ans de plus que mon père.

Rédiger cette lettre m'aura pris beaucoup de temps : je suis un lent, un bambane, comme on dit chez nous. J'aime à me traîner dans les mots comme dans nos traboules. Que de brouillons déchirés ! Que de versions que je croyais définitives, quand la mort rôdait plus près. Que de versions transmises à Me Gabriel Bouasse, notaire à Rive-de-Gier, ton oncle, cher François. Et puis, non. J'ai lutté, j'ai résisté pendant des années, plus longtemps que ce que m'avaient annoncé mes confrères : nous, les médecins, nous devrions nous interdire de faire des pronostics et nous contenter de faire des diagnostics et de soigner. Le reste, l'essentiel, dépend de la volonté de vivre.

D'ailleurs, je suis convaincu que relire cette lettre, la parfaire, m'a permis de rester en vie un peu plus longtemps.

Voici pourtant venu le moment : je sais assez de médecine pour deviner que vous ouvrirez chacun votre enveloppe dans un mois tout au plus. Elle vous aura été remise par Me Bouasse, en deux exemplaires manuscrits identiques et authentifiés.

J'ai choisi de mourir en votre absence. Et cela me va.

Je suis las de la vie. Trop de douleurs. Trop de chagrins. Trop de regrets. Trop d'inquiétudes. Trop de nuages à l'horizon. J'ai tout vu, tout aimé. Je n'ai plus que des plaisirs déçus, des enthousiasmes gaspillés. Rien de bon ne m'attend plus. Les femmes, ma collection de tableaux, la politique, la médecine, les bons repas, les voyages, tout cela est terminé. Quand je parviens encore à me traîner dans un de ces bouchons que j'aimais tant, tout m'y paraît fade. Je me demande même comment j'ai pu gaspiller tant d'heures à dévorer des grattons, des poulets célestine, des pâtés en croûte, des cardons, des omelettes sourdes, des quenelles, des tabliers de sapeur, des cervelles de canut, des rosettes, des bugnes.

Je sais que ma relation avec vous n'a pas été exemplaire. Je vous ai peu vus. Je vous ai peu parlé. Je n'ai pas fait grand-chose pour vous transmettre mes passions, ni pour vous aider à accomplir les vôtres. Qui aurait pensé que l'un d'entre vous deviendrait un grand violoniste ? Et que l'autre serait un médecin, communiste de surcroît !

Je sais que vous ne m'aimez pas. Ne protestez pas. François, nous sommes fâchés depuis ton mariage. Et toi, Paul, tu penses trop à toi-même pour aimer qui que ce soit.

Je ne vous l'ai jamais dit : je vous aime. Cela vous étonne sûrement. Vous souriez sans doute avec amertume en lisant cela. Vous n'en croyez rien. Mais c'est ainsi : je vous aime. À ma façon ; celle d'un père absent, maladroit, égoïste, jouisseur, occupé à construire sa carrière, ses relations, ses collections de tableaux et de femmes.

Un père qui n'a pourtant jamais cessé de vous suivre et de vous admirer, tous les deux.

J'ai trop attendu. François, tu m'auras privé de la joie de connaître ton fils, le petit Yves, qui a quelques mois. Et toi, Paul, tu es parti à Paris, avec ta rage et ta colère, contre ton frère et contre moi.

Je n'ai pas vraiment tenté de vous réconcilier, quand votre brouille s'est installée. Vous avez la chance d'être deux, alors que j'ai souffert, tant souffert, d'être fils unique... Orphelin à neuf ans... Je n'ai pourtant jamais chougné. J'ai tenu droit.

Je ne sais trop comment débuter mon récit. Je ne suis ni un écrivain ni un orateur, ni même un grand lecteur...

Ne vous précipitez pas sur les dernières lignes de cette lettre afin de savoir ce que je vous lègue. Chaque mot compte. Même ceux que vous devinerez peut-être entre les lignes.

Selon les archives paroissiales (que j'ai dû consulter récemment lors du conflit de bornage de nos vignobles avec ceux des Soudières... Bien nous en a pris, tout est à présent réglé), nous sommes, vous êtes, les héritiers d'une longue lignée de paysans, vivant, travaillant, aimant, souffrant, mourant, depuis 1480 au moins dans un même canton, aux vignobles antiques longtemps oubliés, longtemps maudits, et aujourd'hui bénis des dieux.

Il semble même que, du côté de mon père en tout cas, personne ne fut jamais ni soldat, ni religieux. Ce qui était très rare, dans la région. Nos ancêtres se sont tous acharnés à faire pousser de la vigne sur les mêmes coteaux escarpés, où ni animal ni tracteur ne pouvait suppléer. Grâces leur soient rendues, où qu'ils soient aujourd'hui !

Nous n'avons aucun lien de parenté avec le grand peintre du XVIIIe siècle Jean Siméon Chardin. Je ne démens cependant jamais cette parenté quand on m'interroge, et je vous conseille d'en faire autant. Ce peintre fut longtemps oublié jusqu'à ce que, il y a un siècle, un médecin, le Dr Lacaze, achète un tableau de lui chez un bouquiniste des quais de Seine à Paris et qu'il le sorte de l'oubli. Un médecin grand collectionneur – comme moi. Je vous en reparlerai plus loin…

À la fin de sa vie, il y a près de trente-six ans, mon grand-père, Kléber Chardin, se vantait encore d'être né en 1799, avec le Consulat, et d'avoir traversé toutes les épreuves de son siècle : les changements de régime, les épidémies, les crises économiques, les modes et les guerres. Il est né à Condrieu, vigneron pauvre, dans une minuscule ferme, sur une terre magnifique, qu'il a transformée en un très grand vignoble, en rachetant parcelle après parcelle, jusqu'aux soixante-dix hectares d'aujourd'hui. Je l'ai bien connu (j'avais vingt-deux ans le jour de son enterrement). Extrêmement maigre, au point qu'on le pensait toujours mourant, si petit qu'on le disait nain. Tordu comme un sarment de vigne, on le murmurait bossu. Sa voix, tellement étrange, était si haut perchée qu'elle rappelait, disait-on, celle de sa mère ; quand il était en colère, quelques intonations très graves semblaient sortir d'un autre corps… Il avait des yeux d'un bleu très pâle, cette marque de fabrique de la famille qui nous donne à tous un air de franchise et de fragilité. Il se comportait en épouvantable tyran avec sa femme, ses enfants et ses employés. Il se méfiait de tout, sauf de la nature ; il détestait les royalistes, les républicains, les instituteurs, les conseillers agricoles, les châtelains, les villes, les fabriques, les fumées et les engrais chimiques qui commençaient à se propager à la fin de sa vie… Il ne croyait qu'en sa terre, qu'en son vignoble, et même dans le seul cépage qu'il acceptait d'y faire pousser, le viognier, malgré le scepticisme de tous… Il épousa la fille d'un commerçant de la ville voisine, Vienne, Pauline Vitry, dont on prétendait que les grands-parents avaient été des romanichels avant de s'établir comme couteliers en ville. Même si personne ne l'a jamais prouvé, les rumeurs sont mortelles ici et, à cause de cette filiation suspecte, la pauvre fille avait eu du mal à trouver un mari. Je ne l'ai pas connue, on dit qu'elle était très belle.

Kléber est mort assez vieux pour avoir vu son vin, longtemps méprisé, devenir un des plus recherchés du monde. Condrieu… J'ai tant aimé notre vignoble, repris après mon grand-père par mes cousins, et qui vous appartiendra demain encore en partie. Ce vignoble qui produit désormais un vin si rare, aux arômes de violette, de pêche blanche, d'abricot et d'iris.

Kléber Chardin a eu trois enfants. L'aîné, Joseph, et le puîné, Paul, ont repris le vignoble. Le cadet, mon père, votre grand-père, Épiphane, que vous n'avez pas connu, est né en 1838, lui aussi à Condrieu. De santé très fragile, il était incapable de travailler la terre et refusa de suivre, comme ses deux frères, les brèves études de viticulture qu'exigeait leur père. Pendant que ses aînés se tuaient à la tâche sur les pentes raides de nos parcelles, mon père fut oublié à Lyon, dans un pensionnat très sévère. Il se révéla doué pour les études. Très ambitieux, il aurait pu devenir ingénieur, mais son père refusa de financer des études aussi coûteuses. Aussi, Épiphane entra comme contremaître dans une fabrique de soie de Lyon : la maison Pinteaux.

Alceste Pinteaux était alors un des grands seigneurs de cette industrie. Né en 1821, il avait épousé en 1850 Célestine Duparc, l'héritière d'une famille de commerçants très aisés ; ils eurent une fille, Sophie, puis deux garçons, Émile et Lucien. Dès ses trente ans, Alceste s'installa avec sa femme, puis leurs enfants, dans un splendide hôtel particulier, près de la place Bellecour. En ce temps-là, il eût été difficile de trouver dans tout Lyon pareil luxe. Vous n'avez pas connu cette demeure, car ils l'ont entièrement transformée avant votre naissance. Imaginez, en pleine ville, un grand parc bordant une demeure de trois étages. À l'intérieur, un escalier monumental, des pièces immenses aux tapisseries faites sur mesure à Aubusson, des meubles d'auboine et de marqueterie d'ivoire, des fauteuils recouverts de la soie la plus extravagante, des chandeliers parmi les plus spectaculaires ; et même, à partir de 1909, un éclairage de toutes les pièces à l'électricité, qu'Alceste avait découverte lors d'un voyage à Venise : une des premières installations de ce genre dans une demeure privée en France.

Alceste avait repris la direction de la maison familiale créée par son arrière-grand-père un siècle et demi plus tôt ; il y employait plus de mille ouvriers et des centaines de sous-traitants. Il avait des ateliers jusqu'en Inde et en Chine. Signe de puissance, sa famille tenait, depuis deux générations avant lui, un « Livre de Raison ». Alceste effrayait tout le monde : son seul physique avait de quoi inquiéter. Grand. Musclé. Un visage étroit. Des yeux fuyants. Une voix métallique. Il avait écarté tous ses parents de l'actionnariat et des ateliers. Il menait sa fabrique de main de maître.

Mon père, Épiphane Chardin, entré comme contremaître, y gravit les échelons, sans se faire remarquer. En 1868, il y est devenu ingénieur textile. Il n'avait alors plus rien de l'enfant chétif et maladif qu'il avait été. Sans doute en raison de sa taille hors du commun, il dégageait une impressionnante force vitale. Très ambitieux, il soignait sa mise et faisait forte impression sur les gens, en particulier les jeunes filles. Ses premiers portraits photographiques révèlent les efforts qu'il déployait pour avoir l'allure d'un bourgeois : le costume de drap noir très cintré, les revers de soie, le gilet blanc, les bottines brillantes, le grand chapeau, la cravate imposante, la canne à pommeau, la moustache fine. Et toujours les mêmes yeux bleu délavé, dont nous avons tous hérité.

En 1870, Épiphane parvint à rencontrer Sophie, la fille de son patron, à la fête annuelle que les Pinteaux donnaient pour leurs chefs dans leur parc (avec interdiction absolue pour les invités d'entrer dans la maison). Il avait trente-deux ans, elle en avait dix-neuf. Elle était grande, brune, volontaire, avec un physique un peu ingrat en raison d'un nez légèrement tordu et de pommettes saillantes. Sophie fut tout de suite séduite par Épiphane. Alceste pressentit le danger : pour cette bourgeoisie lyonnaise, nous n'étions que des paysans sans fortune. Pas encore les riches vignerons que nous sommes devenus un peu plus tard. Et même quand mon grand-père Kléber, le père d'Épiphane, put acheter la grande maison de Condrieu, les Pinteaux ont continué de mépriser les parvenus que nous étions à leurs yeux.

Quelle belle demeure pourtant que celle de Condrieu ! C'est là où je vous ai appris à pêcher. Vous en souvenez-vous ? C'est là, j'espère, que viendront pêcher les enfants des enfants de vos enfants. C'est là que je veux être bientôt enterré. Dans le cimetière derrière l'église. Et je veux que, dans cette église, une messe soit dite par le père de Forclore, ton cousin, Paul. Oui, une messe, je sais, cela doit vous surprendre... J'y reviendrai...

Alceste Pinteaux et Kléber Chardin ne pouvaient que se détester. Les usines d'Alceste étaient diaboliques, selon Kléber. Et aux yeux d'Alceste, Kléber était un pouilleux.

Alceste a donc tout fait pour éloigner Épiphane de sa fille. Quand il a compris que ses efforts étaient vains, il l'a licencié : comme on disait alors ici, mon père était « malvoulu ». Sophie a pesté, trépigné, crié et même, paraît-il, entrepris une grève de la faim. Elle voulait « son » Épiphane. Son père, à qui rien ni personne ne résistait, a cédé. Mes parents se sont mariés en 1871, juste après l'humiliante défaite de Sedan et la perte de notre Alsace.

Les jeunes époux se sont installés dans un appartement voisin de l'hôtel particulier des Pinteaux. Mon père est revenu travailler chez son beau-père. Il a voulu s'imposer, non seulement par ses compétences, mais aussi comme un membre de la famille propriétaire. Son beau-père et ses deux beaux-frères, Émile et Lucien, se démenèrent pour le tenir à l'écart des décisions importantes. Sophie ne s'en mêla pas.

Je suis né l'année suivante, il y a cinquante-huit ans. Mes parents s'aimaient trop pour s'encombrer d'un enfant... À quatre ans, ils m'ont envoyé comme pensionnaire à Lyon, au collège Saint-Marc, tenu par des jésuites. Le dimanche et pour les vacances, j'allais parfois chez mes grands-parents Chardin à Condrieu et, plus rarement, chez mes grands-parents Pinteaux, dans leur hôtel particulier de la place Bellecour, puis dans leur résidence de Bréhat, une des premières propriétés achetées en Bretagne par la bourgeoisie lyonnaise. Alceste y avait fait construire un extravagant manoir au bord de la plage donnant sur toute la baie jusqu'à la côte et l'Arcouest. Il aimait s'y rendre seul, ou avec Dieu seul sait qui… J'y ai été invité une fois. Pour mon malheur…

Quand j'ai eu huit ans, j'ai commencé à entendre mes parents se disputer. J'ai ressenti d'abord une grande surprise et une immense souffrance. Lorsque j'y réfléchis, c'est même un des pires souvenirs de ma vie. Je ne savais comment agir pour les réconcilier. Je me disais : des parents ne devraient jamais se disputer. Quand on s'aime, c'est pour la vie. Que se passait-il ? Était-ce ma faute ? Que pouvais-je faire pour que les cris cessent ? Et les coups… Lorsque je sentais monter la colère de l'un ou de l'autre, je pensais mourir. Je tentais de leur faire entendre raison. Ils ne m'écoutaient pas. Un dimanche de dispute particulièrement longue et violente, j'ai entendu mon père hurler que les Pinteaux n'étaient pas ce qu'ils prétendaient être ; qu'ils se nommaient en fait Pinto et venaient tout droit du Portugal ; qu'ils étaient juifs, qu'il allait le révéler et les discréditer. Il hurla, tapa du poing et poursuivit ma mère dans le grand salon. Elle chercha à se mettre à l'abri. Je m'interposai. Mon père me repoussa brutalement. J'entends encore sa voix. En y repensant aujourd'hui, avec mon expérience de médecin, je suis convaincu que, ce soir-là, il était sous l'empire de l'opium, alors que je ne l'ai jamais vu ni boire ni fumer…

J'étais pétrifié. « Juive » ? Ma mère ? J'avais entendu si souvent ce mot au collège, où les jésuites nous répétaient que les Juifs avaient tué le Christ, et que tous les Juifs, de tous les temps, étaient des monstres. Si ma mère était juive, je l'étais donc aussi ? Je serais le fils d'une descendante des assassins du Christ ? Cette idée m'était insupportable.

J'ai vérifié, rassurez-vous : les Pinteaux sont une très vieille famille française ; aucun sang juif ne coule dans nos veines. Ils viennent de Tours. Quand ils se sont installés à Lyon, vers 1710, ils ont fini par succéder aux Charton comme principaux fournisseurs en soieries du garde-meuble royal et ils le sont restés jusqu'à la Révolution. Ils ont été ensuite parmi les premiers à utiliser le métier Jacquard ; ils ont commencé à accumuler une très grande fortune sous l'Empire et sont devenus immensément riches sous la monarchie de Juillet et le second Empire ; ils achetaient une partie de leurs soies en Inde et en Chine et ils produisaient eux-mêmes le reste dans les Cévennes. Ils sont devenus les premiers soyeux de Lyon, avec les Guérin, les Guinon et les « Bellon et Couty » (dont la société est aujourd'hui nommée « Jaubert et Audras »). Aucun sang juif. Aucun lien avec des Juifs. D'aucune sorte. Paul, cela doit te rassurer.

Quand mes parents sont morts, en 1881, je n'avais que neuf ans ; ils étaient si jeunes, eux aussi : mon père avait quarante-trois ans, ma mère trente. J'ai toujours eu du mal à vous parler de ce drame et je ne vous ai jamais raconté les circonstances de leur mort : ils ont été brûlés vifs dans l'incendie de leur appartement. On m'a expliqué un peu plus tard que, ce jour-là, j'étais chez mes grands-parents Pinteaux, mais je ne me souviens de rien… Aucun médecin n'a jamais pu me rendre le souvenir de cette nuit.

J'étais donc orphelin et fils unique : mes deux grands-pères, Alceste Pinteaux et Kléber Chardin, se sont disputé ma garde. Mais Kléber avait quatre-vingt-deux ans et mes oncles, les deux frères de mon père, ne voulaient pas de moi. Alceste Pinteaux avait vingt ans de moins, et tous les moyens de m'élever. Il a obtenu ma garde et le contrôle de l'héritage de ma mère, sa fille, jusqu'à ma majorité… Il tenait surtout, comme ses deux fils, à ce que la part de ma mère dans la maison Pinteaux, dont j'héritais, restât sous son contrôle.

Je ne vous ai pas beaucoup parlé d'Alceste. Je vous ai seulement dit que c'était un monstre. Il a ruiné ma vie, de bien des façons. Chaque fois que j'allais chez lui, à Lyon ou à Bréhat, il me faisait venir dans sa chambre et m'imposait des caresses. Oui. J'ai été violé pendant des années par mon grand-père. Je n'en dirai pas davantage. J'ai réussi à m'éloigner de lui. À ne plus le voir.

Je passai bientôt toutes mes vacances chez mon autre grand-père, Kléber Chardin, à Condrieu. Il était rude, mais respectueux. Et ma grand-mère Pauline m'adorait. C'est là que j'apercevais parfois de loin deux fillettes, Simone Bouasse et Louise de Forclore.

Vos deux mères…

Simone Bouasse était la fille du notaire de Rive-de-Gier, Me Victor Bouasse, qui s'occupait de nos affaires ; et dont le fils, Gabriel, ton oncle, François, a pris la suite.

Quant à Louise de Forclore, elle était la fille d'un châtelain voisin, dont les activités se réduisaient à contrôler les comptes de ses métayers, à chasser le canard, à financer l'Action française, et à faire d'innombrables voyages à Paris et en Italie, en compagnie de jeunes gens qu'il recrutait, selon Kléber, dans des quartiers obscurs de Lyon.

Simone avait deux ans de plus que Louise ; j'avais cinq ans de plus que Simone. Je n'étais guère plus âgé. On ne peut imaginer deux amies plus proches, et plus dissemblables.

Simone, avec ses longs cheveux blonds, était toujours habillée de soie rose ou de taffetas jaune, cherchant sans cesse des occasions de s'amuser. Sa grâce, son élégance, sa vénusté nous éblouissaient tous.

Louise, brune et plus petite, était toujours habillée de gris et de blanc. Calme, elle m'impressionnait avec ses yeux noirs qui vous fouillaient, cherchant de quelle faute vous étiez coupable et dont vous devriez vous repentir...

J'étais le dieu de ces deux fillettes et cela m'amusait.

Au Château de Forclore, je n'étais admis, avec quelques autres adolescents, que pour la collation du dimanche après-midi, où l'on nous servait de l'eau dans des verres de cristal et une petite tranche de biscuit dans une assiette en vermeil. Chez Simone, en revanche, la porte était toujours ouverte et la table garnie de pâtés, de saucisses, de rôtis, de fromage, de mousse au chocolat...

Au fil des années et de mes études, mes séjours à Condrieu se sont espacés et je les ai perdues de vue.

Alceste, que je ne voulais plus voir, m'avait interdit l'accès à sa firme ; mais, à ma majorité, en 1893, il ne pouvait plus me refuser l'héritage de ma mère, même s'il s'était arrangé pour que je ne puisse ni vendre mes titres, ni toucher ma part des profits dans la firme familiale et dans les obligations et domaines que possédait la firme. Il me restait des revenus considérables. Je rejetai l'idée de vivre de mes rentes, ce qui eût été normal, à cette époque, pour un jeune orphelin de ma condition. J'avais envie de me lancer en politique. Pour y parvenir, en ce temps-là comme aujourd'hui, il fallait être avocat ou médecin. J'ai choisi la médecine, sans vraiment savoir pourquoi. Je ne l'ai compris que plus tard. Rompant définitivement avec les Pinteaux, je me suis installé seul, dans un bel appartement proche de la faculté où je commençais mes études.

En décembre 1894, alors que le traître Dreyfus venait d'être enfin condamné, Kléber Chardin, mon grand-père paternel, a été retrouvé mort dans ses vignes, où il était venu vérifier une nouvelle fois si le gel ne risquait pas de détruire la récolte. À quatre-vingt-quinze ans… J'étais dévasté.

Lors des obsèques, j'ai revu Simone et Louise. Malgré leurs tenues de deuil, on devinait qu'elles étaient devenues de très jolies jeunes filles. Simone envisageait de partir étudier le droit à Paris, Louise d'entrer dans les ordres. Toutes les deux sans l'accord de leurs pères. J'ai été bouleversé par cette rencontre. Je pensais que ce qui me troublait, c'était la mort de mon grand-père. Mais non. C'était elles.

Dans les années qui suivirent, même si je ne suis plus revenu à Condrieu, trop accaparé par mes études, je repensais souvent à cette rencontre.

Six ans plus tard, je suis devenu pédiatre. J'ai compris seulement alors pourquoi j'avais choisi de devenir médecin : aider les enfants qui pourraient avoir vécu le même enfer que moi.

L'idée de faire de la politique ne m'avait pas quitté. Lyon changeait beaucoup sous le mandat d'Antoine Gailleton ; il avait entrepris la rénovation du quartier Grolée, la construction de plusieurs ponts et des facultés, les premières lignes de tramway.

C'est à ce moment que j'ai rencontré un jeune professeur de lettres dans une classe de rhétorique du lycée du Parc : Édouard Herriot. Nous avions le même âge. Il rêvait de faire de la politique et venait d'épouser la fille du Dr Rebatel, le président du conseil général du Rhône. Nous étions très différents : il n'était pas lyonnais et il était dreyfusard ! Je l'ai quand même suivi et il m'a pris dans son équipe.

Cette même année 1900, un vieux libraire du quartier de Saint-Paul, qui disait se nommer François Duplessix, a voulu me remercier d'avoir sauvé le fils d'une de ses employées à qui, me dit-il, « il tenait beaucoup » (était-il le père de cet enfant, je ne l'ai jamais su. Quel était le nom de l'employée ? je ne l'ai pas su non plus). Il m'a apporté en cadeau, enveloppés dans un grossier papier marron, sept petits tableaux. Je n'ai pas été surpris : il arrivait que des malades me paient en nature. Jamais encore cependant en tableaux. J'ai ensuite pris l'habitude, en allant chez mes malades les plus atteints, de repérer quelques toiles apparemment insignifiantes et de me les faire offrir... On est prêt à tout quand on veut sauver son enfant... C'est comme ça qu'a commencé ma collection. Comme avait sans doute dû commencer, un siècle plus tôt, la fabuleuse collection du Dr Lacaze, composée elle aussi d'œuvres dont personne ne voulait en son temps, et qu'il se faisait certainement offrir par ses malades. Il accumula ainsi au fil des années des œuvres de Greuze, Boucher, Watteau, Fragonard, Le Nain, Rubens, Murillo, Hals, Tintoret, Tiepolo et Rembrandt. Des tableaux que personne ne prenait alors au sérieux, qu'il légua au Louvre, à sa mort, trois ans avant ma naissance.

Là, il s'agissait de sept tableaux vraiment sans intérêt. Ils représentaient tous un même homme à plusieurs âges de sa vie : en jeune chasseur, en ermite, en armure, en bourgeois, en moine, en soldat et en vieux décrépit. Je n'en avais que faire et j'aurais voulu refuser. Le libraire insista : certes, a-t-il dit, ces tableaux n'ont aucune valeur marchande, mais comme j'avais sauvé la seule personne au monde à laquelle il tenait, il me les offrait de bon cœur. Au surplus, m'expliqua-t-il, il n'avait ni enfant ni parentèle, donc ces tableaux finiraient un jour, avec les derniers livres de sa boutique, dans une décharge ou une brocante. J'ai accepté. Je n'avais aucune envie d'accrocher ces croûtes chez moi. Je les ai rangées dans le placard d'une chambre de service à Condrieu.

Deux ans plus tard, en 1902, le monstre, Alceste Pinteaux, est mort. Et même s'il avait tout tenté, dans son testament, pour que mon héritage soit détourné vers ses deux fils, j'ai enfin eu accès à la part de l'immense fortune de ma mère encore bloquée dans la maison Pinteaux. Il y avait là des terres, des titres, des maisons et des parts dans l'entreprise familiale, que j'ai tout de suite revendues à mes beaux-frères. Bien m'en a pris.

J'avais à l'époque beaucoup d'aventures féminines ; surtout, bien sûr, avec des femmes mariées et des comédiennes. Je n'avais pourtant pas oublié Simone et Louise. Et j'ai voulu les revoir. J'avais trente ans, Simone vingt-trois et Louise vingt et un.

Simone habitait Paris, chez une sœur de sa mère ; contre l'avis de sa famille, elle étudiait le droit à la Sorbonne, une des premières étudiantes à la faculté. Louise semblait avoir renoncé à entrer dans les ordres et enseignait la théologie à la congrégation des Sœurs du Christ à Lyon. J'ai eu un coup de foudre pour chacune d'elles. C'était un sentiment nouveau. Qui me submergeait. J'étais amoureux des deux. Vraiment. Pourtant, il me fallait bien choisir. L'une, l'autre... ou aucune...

Je suis parti quelques jours à Nice, avec Léonce Noissac, une tendre amie, une de ces femmes qui m'étaient toujours disponibles... Pour choisir qui épouser de Louise ou de Simone. J'espérais sans doute en réalité me détacher des deux. Oui, je sais, c'est bizarre, mais c'est ainsi. Chaque heure, je changeais d'avis. Parfois je pensais au rire de Simone. Parfois au regard de Louise. Parfois je décidais de m'éloigner des deux et de passer de bons moments avec tant d'autres femmes. Je suis revenu de Nice sans avoir rien décidé.

J'ai hésité, longtemps. Et j'ai épousé Simone. Pourquoi elle ? Je ne saurais dire. Nous nous sommes mariés en 1903 dans l'église de Condrieu. Une cérémonie très gaie.

Je n'ai jamais regretté ce choix. François, ta mère était la joie de vivre, l'exaltation même. Le jour comme la nuit. Et j'en jouissais sans remords, sans limites… sans en voir les failles…

Pour moi, elle a renoncé à ses études, qui pourtant la passionnaient. Tu es né deux ans plus tard, en 1905. J'avais trente-trois ans et ta mère vingt-huit. Un âge avancé pour devenir mère à cette époque. Ce ne fut pas une grossesse facile…

Cette année-là, une autre joie m'est arrivée : Herriot est devenu maire de Lyon. (Aujourd'hui, vingt-cinq ans après, il l'est encore !) Il m'a demandé de rejoindre son équipe et je suis devenu conseiller municipal. Il a tout de suite lancé d'énormes grands travaux, avec notre ami l'architecte Tony Garnier : la gare des Brotteaux, les abattoirs de la Mouche et le stade de Gerland. Je l'ai incité à décider la construction de l'hôpital de Grange-Blanche pour remplacer au plus vite le vieil Hôtel-Dieu, où j'étais devenu un adjoint au chef de service de pédiatrie. J'avais également ouvert un cabinet en ville, à côté de la mairie. Grâce aux amies de ma mère et à la famille de Simone, je suis vite devenu le pédiatre le plus en vue des grandes familles lyonnaises.

Quelques mois après ta naissance, François, en 1906, l'année même où on a réhabilité ce traître de Dreyfus, j'ai visité à Lyon une exposition de peintres flamands du XVIIe siècle. Je n'étais pas du tout féru de peinture, mais, en raison de mon mandat, j'avais dû me rendre à l'inauguration. Ces tableaux me rappelèrent quelque chose... J'ai repensé à ceux que j'avais reçus six ans plus tôt. Ils présentaient quelques similitudes avec ceux de l'exposition, en particulier dans les regards et le choix des couleurs... Avais-je encore ces sept toiles ? Étaient-elles encore à Condrieu ? Je les ai cherchées. Elles avaient été déplacées dans un grenier. Je les ai fait expertiser. Une, deux, trois expertises, la dernière par un spécialiste du Rijksmuseum à Amsterdam... Cela a pris de longues années. Les spécialistes ont d'abord pensé qu'elles venaient de l'atelier de Rembrandt, où elles auraient été peintes par un de ses élèves, Ferdinand Bol ou Jan Lievens. Mais les analyses stylistiques et les sous-couches ont établi de façon certaine que Rembrandt lui-même en était l'auteur ! Sept autoportraits de Rembrandt ! Sept autoportraits du plus grand peintre flamand ! Des tableaux très importants, dont les experts avaient entendu parler, et qu'on croyait perdus. Sept chefs-d'œuvre ! Vous imaginez ma stupéfaction. Les experts m'ont expliqué que ces tableaux s'ajoutaient à plus de cent autres autoportraits de lui, peints pendant quarante ans : depuis ses débuts jusqu'à sa mort en 1669, il s'est représenté, parfois dans la foule des personnages de ses tableaux, ou dans de vrais autoportraits. Et nos sept toiles, à en croire ces spécialistes, étaient pour certaines les premières versions, et pour d'autres des versions plus achevées d'autoportraits connus. Selon l'expert venu d'Amsterdam, ces sept tableaux étaient même les plus parfaits du grand maître. Ils le représentaient chaque fois à six ans d'écart et formaient un ensemble très cohérent… En regardant ces tableaux, un des trois experts a ajouté que cela lui faisait penser au *Portrait de Dorian Gray*. Je ne connaissais pas ce nom. Bien plus tard, j'ai appris que ce Gray est le héros d'un roman écrit par un écrivain irlandais racontant l'histoire d'un portrait qui vieillit et reflète les mauvaises actions de son modèle… Cela m'a fait frémir et je n'y ai plus songé…

Je possédais donc sept Rembrandt. Qu'en faire ? J'en ai parlé à Simone, qui souffrait beaucoup depuis son accouchement. Elle m'a demandé de les garder en héritage pour notre fils. Les souvenirs de ses brèves études de droit l'ont poussé à me conseiller d'en laisser une description chez son père et son frère, nos notaires ; en spécifiant bien que ces tableaux appartenaient désormais à François.

Nous avons choisi, avec eux, de les déposer dans les coffres les plus sûrs, ceux du Crédit lyonnais à Lyon. Avec une double clé, l'une pour Me Gabriel Bouasse et l'autre pour moi.

J'ai naturellement tenté de retrouver celui qui me les avait donnés, le libraire Duplessix. Il était mort trois ans plus tôt, en 1903, avec la mère et l'enfant que j'avais sauvé, dans un accident de la route (un des premiers, avec des voitures pourtant peu rapides) sans avoir jamais su de quels chefs-d'œuvre il s'était privé. Je n'ai pas cherché à savoir s'ils avaient de la famille. Je le regrette aujourd'hui.

J'ai décidé de ne pas rendre publique cette découverte et de ne pas exposer les tableaux ; encore moins de les donner au musée d'Amsterdam, ce que réclamait absolument l'expert hollandais. Il m'a menacé de rendre publique cette découverte. J'ai tergiversé. Les experts étaient tenus par la confidentialité et je leur ai précisé que, s'il y avait la moindre fuite, ils perdraient toute chance d'avoir un jour une donation. Ces tableaux seraient pour mon seul fils, François. J'ai alors commencé la collection de tableaux que vous connaissez. Comme l'avait fait le Dr Lacaze, un siècle avant moi.

À la fin de cette même année 1906, Simone est morte. Trois ans seulement après notre mariage, quelques mois après ta naissance, François. Des suites de son accouchement, a-t-on dit alors. Tu t'es senti coupable de sa mort et tu m'as détesté de ne pas avoir su la guérir…

Il est temps que tu saches la vérité : ta mère n'est pas morte de ta naissance. Tu n'es en rien responsable de son décès. Elle s'est suicidée en avalant du poison. Je n'étais pas présent lorsque cela a eu lieu. Et quand je suis rentré à la maison, les servantes hurlaient qu'elle s'était enfermée dans une des chambres d'amis, où elle agonisait. Elle a juste eu le temps de me faire promettre de nouveau de te léguer ces tableaux, François. J'ai promis et elle est morte dans mes bras... Sans laisser la moindre explication.

J'étais anéanti. Elle était toute ma vie. Comment peut-on se suicider quand on vient de mettre au monde un enfant ? Ses obsèques ont été affreusement tristes. J'y ai revu Louise de Forclore ; elle s'apprêtait finalement à entrer dans les ordres et a su trouver les mots pour me consoler.

Ta mère, François, t'a légué tous ses biens, dont l'essentiel venait de sa famille maternelle. Et quelle fortune ! Un château à Rive-de-Gier, des vignobles à Condrieu, pas loin des nôtres, et des titres, dont certains de la Standard Oil, choix perspicace. Tu avais huit mois ; j'ai essayé de t'élever seul. Mais je n'y suis pas parvenu. Mon travail à l'hôpital, et le reste. D'une certaine façon, aussi, je dois te l'avouer, tu me rappelais trop ta mère, à qui tu ressemblais déjà tant. Alors je t'ai envoyé chez tes grands-parents Bouasse, à Rive-de-Gier. Quand tu as été en âge de le comprendre, tu m'en as voulu de ne pas te reprendre avec moi, alors que, moi aussi, j'avais vécu la douleur de perdre mes parents très jeune. Mais au moins, tu as grandi auprès de grands-parents bienveillants.

Très vite, j'ai revu Louise. D'abord, pour évoquer le souvenir de Simone. Elle m'a écouté. Longuement. Et puis, en 1910, je l'ai épousée. Elle avait trente et un ans.

François, tu m'as détesté de me remarier quatre ans seulement après la mort de ta mère. Tu m'as détesté plus encore quand tu as compris que j'aimais Louise bien avant d'épouser ta mère. Rien ne peut te forcer à me croire, mais je te le répète : j'aimais Simone et Louise en même temps et d'un amour aussi intense l'une que l'autre.

J'ai voulu te reprendre à la maison. Louise n'a pas accepté. Elle ne t'aimait pas ; ou plutôt, elle avait peur de toi. Elle disait qu'elle savait, par ses prières, que tu étais responsable de la mort de ta mère et qu'il t'arriverait des malheurs. Quand tu as été en âge d'aller à l'école, tu as souhaité devenir pensionnaire pour ne revenir chez nous que lors des vacances. Paul est né en 1913. Ta rancœur a encore grandi.

1913… l'année de l'ouverture de ma cantine préférée, la brasserie des Brotteaux, place Jules-Ferry. Que de choses s'y sont passées…

Après l'assassinat de cette canaille de Jaurès est venue la guerre. Enfin ! On allait pouvoir venger l'humiliation de la galerie des Glaces ! Pourtant, ce fut vite la panique et bientôt le même cauchemar que quarante-quatre ans plus tôt : dès septembre 1914, le front céda et Paris fut menacé. Les réfugiés arrivèrent en masse à Lyon. On nous envoyait à l'hôpital des blessés venus de partout. On n'avait aucun moyen pour les soigner. Avec d'autres médecins et des infirmières, nous allions, dans nos propres voitures, les chercher à la gare des Brotteaux. On les hébergeait dans les écoles et les usines. On soignait des blessures qu'on ne connaissait pas, qu'on n'imaginait même pas... Il fallait amputer, réparer, reconstruire. Ce n'était pas ma spécialité.

La guerre. L'horrible guerre. Plus jamais cela. Promettez-moi, mes enfants, de tout faire pour que plus jamais Français et Allemands ne s'affrontent. Quoi qu'il arrive. Plus jamais cela.

Herriot était de plus en plus pris par les réunions du conseil municipal, les négociations à Paris, les ministères qu'il convoitait, qu'il dirigeait, en général très brièvement, les banquets, les inaugurations, les réceptions, la gestion des réfugiés ; et surtout ses innombrables maîtresses, en particulier la mère Brazier, dont il a fait la réputation et le succès...

En 1916, alors que je suis devenu son adjoint à la santé, la fabrique des Pinteaux souffrait beaucoup de la quasi-disparition des marchés du luxe ; mes deux beaux-frères, qui jusque-là refusaient de me parler, sont venus me supplier de leur obtenir des marchés publics : ils promettaient de se reconvertir dans la production d'uniformes et de textiles à bon marché. Cela me faisait tellement plaisir de voir les Pinteaux implorer un Chardin ! Je leur ai obtenu facilement des commandes, par Herriot, qui avait toutes ses entrées au ministère de la Guerre. J'ai naturellement été largement rémunéré pour cela, d'autant plus qu'il me fallait aussi distribuer de larges gratifications à tous les étages des ministères.

Juste après la victoire, si brièvement joyeuse, nous avons été frappés de plein fouet par la grippe qu'on appela « espagnole », qui avait en fait commencé à se propager depuis un an et dont on ne parlait pas. Elle a fait en deux ans plus de morts que la guerre, en touchant surtout ceux qui n'avaient pas été au front. Nous étions impuissants devant cette épidémie. Les masques ne servaient à rien. Aucun médicament. Aucun vaccin. Pour vous protéger, je vous ai envoyés tous les deux à Condrieu, avec Louise.

Quand la pandémie s'est retirée, aussi mystérieusement qu'elle était venue, beaucoup espéraient revenir à la Belle Époque. Y compris les Pinteaux. Ils ont vite compris que c'était illusoire : la soierie n'était plus source de richesses. Tout était dévasté. Les socialistes s'étaient radicalisés et étaient même devenus communistes. Les syndicats étaient puissants. Les femmes ne voulaient pas rentrer à la maison ; celles que nous avions formées comme infirmières aspiraient à devenir médecins.

Je dirigeais toujours le service de pédiatrie de l'Hôtel-Dieu, et je suivais les débuts de la construction de l'hôpital de la Grange-Blanche. Il aura fallu quinze ans pour l'achever. Il est presque terminé. L'inauguration se tiendra dans un mois. Sans moi.

Mon propre cabinet était devenu le plus important de la ville, et j'y recevais les femmes les plus riches et les plus influentes. C'était bien... Les femmes sont prêtes à tout quand la santé de leurs enfants est en jeu...

François, tu as toujours détesté ma conception de la médecine : oui, je m'en suis servi pour gagner de l'argent, des tableaux, du pouvoir, et d'autres choses encore. Où est le mal ? La vie consiste, dans toute civilisation, à accumuler du pouvoir, des richesses et des femmes. Il en sera toujours ainsi.

Les femmes... Je peux vous l'avouer à présent... Pourquoi vous le cacher ? Depuis la mort de Simone, je n'ai éprouvé du plaisir qu'avec des prostituées. J'étais le meilleur client de Mme Georgette, au « Panier fleuri » et au « Palmier ». Et de toutes les autres maisons, en Presqu'île, entre la place Bellecour et le bas des pentes de la Croix-Rousse ; et aussi rue d'Amboise, rue des Archers, rue des Templiers, rue Ferrandière, place du Griffon...

Cette année-là, 1920, je suis allé revoir les sept tableaux qui se trouvaient depuis vingt ans dans les coffres du Crédit lyonnais. Ils semblaient me fixer avec un air de reproche. Que faire ? Je me suis mis en tête de retrouver des descendants du libraire qui me les avait donnés ; je n'ai rien trouvé. Ai-je cherché avec assez d'obstination ? Peut-être pas. Ils étaient à moi. Je voulais tenir la promesse faite à ta mère, François : te les léguer à ma mort.

Paul, tu as dix-sept ans. Tu as été élevé par une mère aimante, trop sans doute. Tu m'as détesté, toi aussi, quand j'ai tenté de t'empêcher de devenir violoniste. L'idée qu'il y ait un saltimbanque dans la famille me révulsait. Cet instrument, que ta mère t'avait procuré, faisait un bruit tellement épouvantable ! Et puis je me suis résigné. Chacun dit maintenant que tu pourras gagner ta vie avec ça. Je m'incline...

François, tu as aujourd'hui vingt-cinq ans. Tu as voulu être médecin, comme moi ; malgré moi. Un tout autre médecin que moi. Je ne t'ai pas aidé. Tu ne l'aurais pas accepté. Tu ne veux ni gloire, ni titre, juste soigner les pauvres... Tu seras un bon praticien, j'en suis sûr. Bien meilleur que moi. Ne fais que de la médecine, sauve des vies. Sauve des vies.

Et cesse de te mêler de politique : que fais-tu au Parti communiste ? Communiste ! Toi ? Avec la fortune que t'a laissée ta mère ! Avec ce qu'on sait de ce qui se passe en Russie !

Vous ne vous êtes jamais vraiment aimés, tous les deux. Tout vous sépare. Vos mères, vos goûts et la politique.

Et puis, il y eut Julia... Julia Pollock. Elle vous a séparés plus que tout. Oui, je sais, c'est un sujet dont nous n'avons jamais parlé, mais j'en sais beaucoup plus que vous ne le pensez à son sujet.

C'est toi, Paul, qui as présenté à ton frère celle qui allait devenir sa femme. Une Juive ! Fille d'un petit commerçant de Strasbourg ! Il m'était impossible de tolérer ce mariage, impossible si Julia ne se convertissait pas. François, tu as refusé de le lui demander, tu n'as rien voulu entendre et tu as coupé les ponts avec moi. J'ai quand même assisté à votre mariage. Un mariage laïc ! Le premier dans la famille. Personne n'a oublié ce qui s'est passé ce jour-là. N'y revenons pas.

Je n'ai pas vu naître mon petit-fils, Yves, il y a quelques mois. Je ne le verrai pas grandir.

J'en viens à votre héritage : en dehors de ce que je laisse à quelques amies, et que vous n'avez pas à connaître, ma fortune sera partagée en parts égales entre vous deux ; contrairement aux rumeurs qui courent en ville, je n'ai pas d'enfants cachés. Du moins autant que je sache.

Paul : ta mère ne souhaite hériter de rien. Elle a, je le sais, des projets, que je respecte. Tu auras donc tout ce qui est à Lyon, c'est-à-dire l'hôtel particulier, et tout ce qui se trouve à l'intérieur, dont les meubles de Ruhlmann et de Dominique ; les toiles de Chardin, le Fragonard, le Ruysdael, le Caillebotte, le Signac, le Harpignies, les Corot, le Gris. Ils ne sont pas encore tous très connus, mais certains prendront peut-être un jour de la valeur. Si tu en vends certains, tu devras en donner le quart à ton frère. Tu auras aussi le château des Forclore à Rive-de-Gier et tout ce qui s'y trouve.

François, tu auras les titres de la Standard Oil de ta mère, qui prendront un jour une énorme valeur malgré la crise actuelle. Ma part dans le vignoble géré par mes cousins, le plus grand de Condrieu. Tu auras aussi ma fortune en titres et en rentes, largement venue de ma mère, Sophie Pinteaux. Tu recevras également les sept Rembrandt, comme je l'ai promis à ta mère. Car cette promesse-là, je la tiendrai. Même si Louise m'a supplié, il y a peu encore, de les donner à ton frère, ou au moins de les offrir au diocèse, en expiation de je ne sais quel péché. Non, je n'ai rien à expier et je tiendrai la promesse faite à mon premier et flamboyant amour. Simone n'avait posé qu'une condition, et je te l'impose aussi : elle ne voulait pas que la fortune qu'ils représentent soit dilapidée, ni qu'elle te monte à la tête… Aussi, tu ne pourras en vendre qu'un tous les dix ans ; et seulement, vingt ans après ma mort, soit à partir de 1950. D'ici là, tu devras les laisser dans le coffre de la banque où ils sont conservés, sous le contrôle de Me Bouasse, ton oncle, qui est au courant de cet arrangement, ou de son successeur. Soixante-dix ans plus tard, quand les sept fois dix ans seront écoulés, en 2020, ceux que tu n'auras pas encore vendus pourront l'être par toi, si tu es encore là (tu aurais cent quinze ans !), par ton fils Yves, ou son fils, ou sa fille, s'il a un jour des enfants. Si Yves meurt avant, et s'il n'a pas d'enfants, s'il n'a pas de frère ou de sœur, ou si aucun de leurs enfants n'est vivant à cette date ; si à une date quelconque aucun ou aucune de tes fils ou filles (que tu auras, j'espère) n'est vivant, et n'a de descendants, la branche des Chardin issue de Simone sera éteinte ; les Rembrandt reviendront alors à Paul, ou à ses enfants ou à ses petits-enfants, s'il en a, qui pourront les vendre dans les mêmes conditions et les mêmes délais. Si, Paul, tu n'as pas d'enfants, ou si tes enfants n'en ont pas, les tableaux non vendus en 2020 reviendront au musée des Beaux-Arts de Lyon ; comme ceux du Dr Lacaze allèrent au Louvre. Enfin, aucun de vous ne pourra vendre un seul de ces sept tableaux, ou le donner à un musée, même aux dates prescrites, sans l'accord de vos enfants majeurs. Me Bouasse et ses successeurs devront vérifier la régularité de ces transactions et surveiller la protection de ces œuvres, dans les coffres du Crédit lyonnais à Lyon.

Telle était la dernière volonté de Simone, si précise dans son amour du droit, et je la respecterai.

J'ajoute une condition : quand un de ces tableaux sera vendu, François ou ses enfants fera ou feront à Paul ou à ses enfants un don équivalent au quart de la valeur de la vente. Par ailleurs, il serait juste qu'une partie des revenus de ces ventes aille aussi aux descendants de celui qui me les a donnés et que je n'ai jamais retrouvés. Vous devrez donc tout faire pour les retrouver et leur réserver un autre quart de la valeur de revente de chacun de ces tableaux.

Je vous laisse ainsi à chacun une fortune : vous, vos enfants, vos petits-enfants et vos arrière-petits-enfants n'aurez jamais aucun problème d'argent.

Voilà, je vous ai tout dit.

En définitive, je crois que ce qui me manquera le plus, ce qui me rattache le plus à la vie, ce ne sont ni les femmes, ni la politique, ni les tableaux, ni aucun être humain. Ce qui sera mon plus intense souvenir, en cet instant, ce qui me manque vraiment, dans cette chambre d'hôpital, ce sont les odeurs de la cuisine de Marie, dans son petit bouchon de Fourvière.

Oui, je suis ainsi... J'étais ainsi.

Vous me garderez peut-être quelques moments encore dans vos mémoires, avant de me rejoindre, dans le néant.

J'ai commencé, en écrivant cette lettre, quelque chose comme notre Livre de Raison. J'espère que vous poursuivrez cet exercice après moi. Peut-être pas sous forme d'un véritable livre, comme les Pinteaux, mais au moins en écrivant à vos enfants, avant de mourir, tout ce que vous n'avez osé leur dire de votre vivant. Vous devrez aussi leur transmettre ma lettre, comme vos enfants devront transmettre aux leurs toutes celles reçues des générations précédentes.

Dans un siècle, vos petits-enfants et vos arrière-petits-enfants liront ainsi ces mots…

Dans un siècle… Que sera devenu le monde ? Si vous avez encore des descendants, où seront-ils ? Que feront-ils ? Seront-ils encore des bourgeois lyonnais ? La vie les aura-t-elle emportés vers d'autres horizons ? Seront-ils au moins encore français ? Ils seront vraisemblablement tous encore riches, heureux et lyonnais. Aucune guerre ne s'annonce à l'horizon et il n'y a pas de ville plus belle où vivre que la nôtre. Et surtout, j'espère que rien d'important ne les aura séparés.

Dans votre ultime message, comme moi dans cette lettre, vous confierez à vos enfants votre vie, vos faiblesses, ce que vous avez vraiment aimé, vos petits et grands secrets. Soyez aussi sincères que j'ai essayé de l'être ici. Écrivez-leur vos espoirs, ce que vous n'avez pas osé leur dire, ce que vous n'avez pas su leur dire, ce sans quoi on ne peut survivre : dites-leur que vous les aimez.

Votre père
Fait à Lyon le 4 février 1930,
encore sain d'esprit,
Dr Jean Chardin

2

Lettre de Louise Chardin
à son fils Paul Chardin

Couvent de la Visitation à Condrieu,
6 septembre 1940

Paul, mon fils, mon amour,

Je me suis confessée ce matin auprès de mon cousin, le père de Forclore. Depuis deux semaines, je me trouvais dans un tel état d'épuisement que cela m'était impossible. Me voici à présent sereine, prête à rejoindre Notre-Seigneur. Seule la foi permet de mourir sans peur. C'est fini, je n'ai pu t'attendre…

« *Invisible soutien de l'esprit languissant, Secret consolateur de l'âme qui t'honore. Espoir de l'affligé, juge de l'innocent. Dieu caché sous ce voile où l'univers t'adore, Jésus, de ton autel jette les yeux sur moi ; Fais-en sortir ce feu qui change tout ; Qu'il vienne heureusement s'allumer dans mon âme.* » Ainsi parlait Jacqueline Pascal, dont les trop rares écrits m'ont toujours consolée, plus encore en ce jour.

Tu trouveras cette missive en rentrant du Brésil. Ne m'en veux pas de mourir en ton absence. Je sais combien mon entrée au couvent t'a rendu triste, il y a dix ans, combien tu as dû souffrir de l'éloignement qu'il a installé entre nous.

Il y a six mois, quand je t'ai demandé de ne pas reporter ta tournée, je me savais déjà gravement malade. Tu n'as pas hésité : tu étais tellement impatient de jouer pour la première fois en Amérique latine, sur les terres de conquête de notre sainte Église.

Notre-Seigneur l'a voulu ainsi. Je serais même heureuse si tu restais là-bas le temps que tout se calme en Europe.

Il y a quinze jours, on m'a transportée à l'infirmerie du couvent. J'ai refusé d'y rester : je n'y entendais ni les cloches ni les chants de mes sœurs, qui scandent mon existence depuis dix ans, cinq fois par jour.

Je suis à présent allongée sur le lit étroit de ma cellule ; nous ne sommes plus ici que quinze religieuses cloîtrées. Il fait froid. Le charbon manque, comme le reste. Depuis longtemps, je n'ai plus la force de me promener dans notre jardin de la Bâtie, où j'aimais tant aller prier à l'aube avant les matines.

Je meurs au moment où notre pays s'enfonce dans l'ignominie d'une défaite, et les débuts d'une collaboration avec un monstre. La France a dû commettre bien des péchés pour que Notre-

Seigneur lui fasse subir une telle humiliation. Comme nombre de mes sœurs, ton père était partisan de la paix avec l'Allemagne ; il aurait applaudi à cette situation... Pas moi.

Je suis certaine que ta tournée est un triomphe. Par la grâce de Notre-Seigneur, tu seras bientôt reconnu non seulement comme un des plus grands violonistes du monde, mais aussi comme un des chefs d'orchestre les plus talentueux. Qui aurait pensé que moi, la fille d'un notable de province, je donnerais naissance à un tel génie ? Quelle grâce divine est tombée sur moi ? Cela valait la peine de tant souffrir pour te donner la vie. Je te dois cette vérité : ta naissance se présentait très mal. J'ai su un peu plus tard que ton père avait eu le choix entre me sauver et te faire naître, et qu'il avait choisi d'accueillir son fils. Le choix ne lui appartint pas : seul Notre-Seigneur pouvait en décider, et Il m'a sauvée aussi.

Laisse-moi te dire ce que je n'ai jamais eu le temps de te confier, pour que tu comprennes mieux mon choix de t'abandonner après la mort de ton père.

Le château de la Catonnière, à Rive-de-Gier, où je suis née en 1879, appartenait à ma famille depuis deux siècles. Que j'ai aimé ce parc clos de murs, sous lequel coule le Féloin ! Mon père a fait refaire les toits, construire les grandes cheminées, les tourelles, les loggias, les marquises, la chapelle, les écuries, la sellerie, l'orangerie, les logements du personnel, ceux des précepteurs des enfants et des jardiniers. Il a même tenu à ce que le grand salon soit la réplique exacte du « salon ovale » de l'hôtel de Soubise à Paris. Vanité…

J'y ai vécu une enfance difficile, entre une mère qui regrettait de ne pas être entrée dans les ordres, un père qui s'échappait aussi souvent qu'il pouvait, avec des envoyés du Malin, mettant en péril notre patrimoine. Mes deux frères ne m'aimaient pas. J'ai pourtant eu la chance, grâce à ma mère, de recevoir une aussi bonne éducation qu'eux.

J'ai connu ton père en 1882, quand nous nous retrouvions, pendant les vacances, avec quelques autres enfants de familles lyonnaises et parisiennes ; en général à Rive-de-Gier et parfois à Condrieu. Il était notre idole. Dès que mon regard s'est posé sur lui, ce fut décidé : je l'épouserais ou j'entrerais dans les ordres.

Je n'ai su que plus tard qu'il vivait alors, à Lyon, une enfance épouvantable. À l'époque, nous croyions que ses parents étaient morts dans un incendie quand il avait neuf ans et qu'il se trouvait chez ses grands-parents. C'est ce qu'il a toujours affirmé. Mais ce n'est pas vrai. Longtemps, il ne s'est souvenu de rien et il répétait ce qu'on lui avait dit. Et puis, ce souvenir lui est revenu et, un soir, il s'est confié, à moi seule : ce jour-là, il était avec ses parents. Sa mère, Sophie Pinteaux, avait découvert que son mari, ton grand-père Épiphane

Chardin, la trompait avec l'une de ses meilleures amies ; elle s'apprêtait à le quitter. Fou de colère, Épiphane avait frappé sa femme très violemment. Leur fils, ton père, s'était interposé et son père avait renversé, au cours de la dispute, une lampe sur des rideaux, ce qui avait déclenché un incendie dans lequel ses deux parents étaient morts. Brûlés vifs. Ton père en était sorti indemne, choqué. Et amnésique.

Est-ce là toute la vérité ? Je ne sais... C'est en tout cas ce qu'il avait fini par m'avouer. Et pire : une nuit, bien après notre mariage, il se réveilla en hurlant qu'il venait de rêver que, ne supportant plus la dispute de ses parents, il avait volontairement jeté une lampe sur les rideaux...

Il a ensuite été élevé par Alceste Pinteaux, son grand-père maternel, à Lyon. Pendant les vacances, il venait ici souvent chez ses autres grands-parents. Il allait très mal et je percevais son mal-être avec douleur...

Simone et moi le guettions chaque dimanche à l'entrée de la messe. Simone Bouasse était ma meilleure amie au couvent de Vienne, où nous étions pensionnaires. De deux ans mon aînée, elle était la fille du notaire de Rive-de-Gier. C'était une jeune fille d'une grande beauté, blonde et grande. Ses traits évoquaient les portraits de madones italiennes que nous montraient les sœurs et dont elle imitait les coiffures. Très fantasque, parfois gaie, riant très fort, parlant sans cesse ; elle plongeait souvent dans la tristesse, soudain muette comme Zacharie avant la naissance de Jean-Baptiste. Je l'ai toujours soupçonnée de jouer la comédie pour attirer l'attention des garçons.

Ton père avait sept ans de plus que moi et cinq ans de plus que Simone. Comme les autres, il était fasciné par elle, mais elle ne le regardait pas. En fait, elle ne regardait personne, sinon son propre reflet, qu'elle observait même à la surface des étangs. Alors que moi, j'étais toujours présente pour lui ; j'étais certaine qu'il m'aimerait un jour : sa vue m'emparadisait ; je savais que je ferais ma vie avec lui et que Notre-Seigneur ne me priverait pas de ce bonheur.

J'ai continué avec sérénité mes études au couvent.

Un jour de mes quinze ans, nos professeurs nous ont emmenées dans une forêt, pas loin du château de Versailles, à Port-Royal. Ou plutôt à l'endroit où s'était trouvé Port-Royal avant que le tyran ne fasse tout raser, jusqu'au cimetière de nos sœurs, dont les tombes ont été déplacées juste à côté. C'est là que j'ai appris à admirer Jacqueline Pascal et Angélique Arnauld. Je me suis sentie tout de suite très proche d'elles : comme moi, elles étaient les filles d'un grand personnage ; comme moi, elles avaient reçu la même éducation que leurs frères ; comme moi, elles aspiraient à se marier ; comme moi, elles se sont réfugiées dans la protection des règles de l'ordre ; comme moi, elles s'étaient établies dans la clôture et avaient fermé les portes du monastère à leurs propres familles.

Je me retrouvais aussi dans les convictions des Arnauld et des Pascal. Des jansénistes, j'aime tout : leur mode de vie, leur conception de la grâce, qui n'est pas un obstacle à la liberté des gens de foi, mais une soumission volontaire au Tout-Puissant. À mes yeux, ce que la grâce pouvait m'offrir de meilleur serait de vivre avec Jean avant de retrouver le Seigneur.

Bien des années plus tard, quand j'ai compris qu'il allait épouser Simone, et que la chair l'attirait plus que le cœur, j'ai failli mourir. Seule la foi m'a empêchée de commettre l'irréparable. J'ai décidé d'entrer dans les ordres, chez les sœurs de la Fraternité monastique de Jérusalem. Je me voyais mener la même vie que Jacqueline et Angélique, une vie sereine, entièrement consacrée au Seigneur.

Mon cousin, le père de Forclore, alors très jeune prêtre, m'a expliqué qu'on n'entre pas dans les ordres par dépit amoureux. J'ai insisté : qui pouvais-je aimer d'autre que le Christ si Jean n'était plus là pour moi ? Le père m'a demandé d'attendre cinq ans. J'ai attendu.

Ils ont eu un enfant, ton frère François. Enfin, elle a eu un enfant, car je suis convaincue que François n'est pas le fils de ton père. Je n'avais plus du tout envie d'attendre pour prononcer mes vœux.

Quelques mois après, Simone est morte. On n'a jamais vraiment su de quoi. J'ai toujours pensé qu'elle s'était suicidée parce que ton père avait compris que François n'était pas son fils. En tout cas, à la mort de sa femme, il a confié François à ses beaux-parents, les Bouasse.

Quatre années plus tard, en 1910, il m'a épousée. Sans joie, ni véritable amour... Et puis, tu es né.

Ma vie se résuma alors à m'occuper de toi et de ton père, quand il était là, ou qu'il me fallait, pour faire bonne figure, l'accompagner à des banquets ou des cérémonies. Il était si accaparé par l'hôpital, la mairie, ses collections, ses repas, ses voyages... Il passait très peu de temps avec nous. Nous ne comptions pas vraiment pour lui.

Ton demi-frère était déjà habité par le Mal : il refusait d'aller à l'église, il refusait de prier. Il était en colère contre son père, contre toi, contre Notre-Seigneur, contre moi. Il me considérait, et peut-être encore à ce jour, comme responsable de la mort de sa mère. J'ai pourtant tout fait pour lui. Avec les années, il n'a cessé de servir le diable. Un médecin athée ! et communiste ! Il a même travaillé à ces lois nouvelles, qui détruisent les fondements de notre société. Et il a fini par épouser une Juive... Ils ont deux enfants. Des enfants juifs ! Il va le payer, à présent.

Toi, ton père aurait voulu que tu sois médecin. Un jour de tes cinq ans, tu as essayé un violon qui traînait chez un de mes oncles. Tu en tiras tout de suite des sons très mélodieux. Ton père voulut t'interdire d'en jouer. Mais comme il n'était pas souvent présent, tu as pu continuer. Je t'ai trouvé les meilleurs professeurs possibles. Deux ans plus tard, en t'entendant jouer, ton père a accepté que tu entres au Conservatoire. Il a observé de loin les débuts fulgurants de ta carrière, mais il est mort avant que tu ne deviennes un des violonistes les plus connus au monde... Il n'aurait sans doute pas apprecié de devoir se contenter de n'être plus que le père du très célèbre violoniste Paul Chardin, et non plus le grand Jean Chardin.

Il t'a légué une importante partie de sa fortune et la mienne ; mais pas l'essentiel. Car je lui avais fait promettre que les sept Rembrandt tombés du Ciel te reviendraient également. Il m'en avait fait la promesse solennelle, mais il les a quand même donnés à François. Tu n'as aucune raison de les lui laisser : il n'est pas son fils. Fais tout ce que tu peux pour les récupérer. Je te fais confiance : tu sauras faire valoir la parole que m'a donnée ton père.

Après sa mort, j'ai vite compris que, malgré tes dix-sept ans, tu n'avais plus besoin de moi : tu avais trouvé tes maîtres à Paris, tu étais déjà un musicien reconnu, appelé à jouer en France et en Europe.

J'ai pu enfin entrer dans les ordres. Un ordre cloîtré, comme Jacqueline et Angélique. Comme je l'aurais fait vingt ans plus tôt, si Simone avait vécu.

J'ai aimé cette vie recluse. J'ai aimé être à chaque instant en communion avec Notre-Seigneur. J'ai aimé prier pour le salut du monde, de la France, et le tien.

Continue d'être un grand musicien. C'est une belle façon de glorifier le Christ que de jouer les œuvres qu'il a inspirées à quelques-unes des plus grandes âmes.

Comme l'écrivit Angélique, « nous nous reverrons ailleurs, où les hommes n'auront plus le pouvoir de nous séparer ».

À mes obsèques, j'aurais voulu que tu joues l'*Ave Maria* de Gounod. Quand tu rentreras en France, le plus tard possible, va sur ma tombe, et joue-le.

Je vois de ma fenêtre le petit cimetière de notre couvent, où tu me trouveras.

Essaie de ne pas trop vite oublier ta mère qui meurt en disant ton nom.

Je te bénis et je pars t'attendre auprès de Notre-Seigneur.

Sœur Angélique de la Visitation

3

Lettre de Julia Pollock-Chardin à son fils Yves Chardin

Auschwitz, 30 mars 1944

Mon cher Yves,

C'est fini. Je ne vais pas tenir plus longtemps. C'est la dernière lettre que je peux te faire passer. Elle est longue, je l'ai préparée depuis des mois, d'abord à Drancy, puis ici, semaine après semaine, dans ce baraquement protégé, au milieu de l'enfer, sur le dos des feuillets de nos partitions, quand j'avais encore la force d'écrire, espérant ne pas avoir à m'en séparer avant notre libération.

Je vais mourir. Les douleurs, les odeurs, les hurlements, le froid, c'est fini. J'ai tellement craint toutes ses années, pour ton père, pour ton frère et toi. Ton père… Ton frère… Et toi… Toi… Mon pauvre amour.

Je n'ai plus peur. Sauf de te laisser encore dans leurs griffes. Je te sais très fort. Ton esprit est libre, ton corps le sera bientôt.

Moi aussi, je me sens libre… Jamais plus qu'aujourd'hui. Plus juive aussi. Quand je pense que la religion n'était rien pour moi lorsque je vivais à Strasbourg ou à Lyon… Ici, alors que tout aurait dû me pousser à maudire ce Dieu qui nous a abandonnés, je me suis mise à prier. À espérer. Même quand nos bourreaux torturaient, frappaient, assassinaient… Sous mes yeux… La prière m'a sauvée de la folie.

Je suis certaine, cher Yves, que tu survivras à cet enfer. Quand tout cela sera fini, quand tu seras enfin libre, quand tu retrouveras la France, ne raconte jamais ce que nous avons vécu. À personne. Cela ne servirait à rien. De toute façon, qui te croirait ?

Ta seule chance d'oublier est de renoncer à punir. Cela ne sert à rien. Promets-moi que tu ne te vengeras pas. Jamais. Sur personne. Promets-le-moi. Ce serait salir ton âme.

Pour le moment, ne pense qu'à une chose : survivre. Tu y es parvenu depuis des mois. Continue. Tout est légitime pour survivre. Alors, ne pense qu'à cela, quoi qu'il en coûte.

C'est bientôt fini. Les Allemands reculent partout. Les Français qui viennent d'arriver ici nous ont appris que Stalingrad a résisté, que les Américains sont à Monte Cassino et que Rome va être bientôt libre ! Tu te rends compte ? Rome va être libre ! La libération de notre camp n'est qu'une question de semaines ! Tu vivras. Je vois bien que nos bourreaux commencent à avoir peur.

Je n'ai jamais voulu te raconter ma vie, je pensais que j'en aurais tout le temps. Alors je vais essayer de me rattraper... J'aimerais tant que tu te souviennes un peu de ta mère.

Lorsque je suis née, il y a trente-quatre ans, à Strasbourg, fille unique de Greta Enderlin et Helmut Levy-Pollock, plus personne dans ma famille ne savait ce que signifiait être juif, ni français : nous étions allemands. Pour nous, la nationalité, comme la religion, ne comptait pas ; seule importait la musique. Ma mère avait été professeur au Conservatoire, de violon. Mon père jouait du clairon à ses heures perdues. Dans mon enfance, nous vivions un peu en dehors de la ville. Je serais si heureuse que tu connaisses un jour la campagne alsacienne : les aubes brumeuses, les sifflements des moineaux, les ruissellements des rivières...

En août 1914, mon père est parti au front, dans le troisième régiment de Uhlans, rare privilège pour un Juif. Ils avaient besoin de musiciens, disaient-ils. Et puis, plus de nouvelles. Plus de lettres. Était-il prisonnier ? Blessé ? Mort ? Aucune annonce...

J'ai découvert le violon à sept ans. Ma mère pensait que si j'en jouais, cela ferait revenir mon père. Je n'ai jamais cessé d'en jouer. En pensant à mon père. Tous les jours. Tous les jours...

En novembre 1918, nous sommes devenues françaises, ma mère et moi, sans y attacher d'importance. La musique était notre vie. Nous espérions encore le retour de mon père, sans doute prisonnier quelque part en France. Il n'est jamais revenu.

Nous pensions que la paix était là pour toujours… Il y a vingt ans seulement. J'ai continué à travailler le violon d'abord à Strasbourg ; puis en 1925, j'ai suivi mon professeur, Jean Dutilleul, au conservatoire de Lyon. Ma mère m'a accompagnée et a continué d'enseigner le piano, en français désormais, ce qui lui était difficile.

Nous n'avions pas d'amis dans cette ville. Pas question non plus de me faire connaître à la communauté juive, dont je me sentais très éloignée. J'ai appris un peu plus tard qu'il y avait là quelques familles juives ayant quitté l'Alsace en 1871, très intégrées, dans le commerce, à l'université et la médecine ; et quelques Juifs réquisitionnés au Maroc en 1915, pour remplacer à la poudrière de Saint-Fons les ouvriers partis au front, et qui avaient réussi à rester après la guerre, sans pour autant obtenir la nationalité française.

J'avais dix-huit ans quand j'ai rencontré ton oncle, Paul, qui en avait quinze ; il était dans la même classe que moi, en violon, et il était aussi en classe de direction d'orchestre. Sa réputation était déjà grande ; son toucher, unique, sa technique, stupéfiante. Des yeux d'un bleu très clair et un regard qui transperce. Malgré sa petite taille, son jeune âge et son bégaiement, il se croyait tout permis avec les filles, et je me tenais à distance.

Un jour de juillet de 1928, que je n'oublierai jamais, Paul m'a proposé de me présenter son demi-frère, venu le chercher à la sortie des cours. J'avais deviné qu'il voulait lui faire croire que j'étais une de ses conquêtes ! J'ai essayé d'esquiver : de plus, je venais d'enterrer ma mère et je ne désirais voir personne ; il a insisté et, sans me prévenir, ils sont venus tous les deux vers moi à la fin d'une de mes auditions.

Paul a commencé par des compliments narquois sur mon jeu, qui n'était « pas si mal ». Je ne l'écoutais pas : j'étais submergée par une vague d'émotion. François était très différent de son demi-frère : grand, blond, timide. Seuls les yeux étaient du même bleu. Il avait des mains incroyablement longues avec des doigts extrêmement fins ; il avait vingt-trois ans et étudiait la médecine. Il y avait entre eux comme de la méfiance gardée, de la colère aussi, sans qu'on puisse en nommer la cause. J'ai su bien plus tard que, ce jour-là, François venait annoncer à son frère qu'il quittait Lyon pour sept mois, pour un stage dans un hôpital à Paris, et qu'il souhaitait que son cadet s'occupe un peu de leur père, qui n'allait pas bien. Paul ne voulait pas de cette charge. Je me sentais une intruse. J'ai tenu à laisser les deux frères entre eux, je suis partie, mais François m'a suivie.

Nous avons déambulé longtemps dans les rues de Lyon. J'ai été frappée par sa façon de marcher. Très souple, très légère. Comme s'il courait au ralenti. Nous sommes allés prendre un verre, puis dîner dans un tout petit restaurant de Fourvière. Aucun de nous deux ne voulait prendre l'initiative de quitter l'autre. J'étais fascinée par sa voix ; très chaude, très vibrante. Il me parla de mon jeu, trouvant les mots justes, lui qui ne connaissait pas grand-chose à la musique. Il m'expliqua qu'il était communiste et me raconta la misère des quartiers populaires. J'ai souri : ces quartiers, je les connaissais mieux que lui : j'y vivais. Nous nous sommes promenés sur les quais de Saône jusqu'au matin. Le lendemain, il est parti à Paris, interne à l'hôpital Tenon. Il m'a écrit que je lui manquais. Il me manquait. Je le lui ai écrit.

Il est venu me voir à Lyon ; je suis allée le voir à Paris. Nous avons passé deux jours à visiter les musées, les bibliothèques. Il m'a emmenée rue Montmartre au siège du journal de son parti, *L'Humanité*, que dirigeait alors Paul Vaillant-Couturier, qu'il m'a présenté. Et nous avons été à l'Opéra. Je m'en souviens comme si c'était hier : on y donnait *L'Élixir d'amour* avec Paul-Henri Vergnes. Nous avons ri. Il m'a proposé de l'épouser. J'ai accepté. Il m'a expliqué que je serais sans doute très mal reçue par son père et son frère, qui détestaient les Juifs. Je lui ai dit que je ne me sentais pas concernée par la religion de mes grands-parents et que c'était lui que j'acceptais d'épouser, pas sa famille. Nous avons décidé de nous marier à Lyon dès la fin de son stage à Paris.

Comme prévu, il a dû affronter l'opposition de son père et celle de son demi-frère.

Notre mariage se déroula dans une petite salle de la mairie, rue d'Enghien. Étaient réunis nos amis les plus proches : quelques médecins, quelques camarades de son parti, des amis du Conservatoire ; pas de famille, sinon Gabriel Bouasse, le notaire, son oncle. Ton grand-père Jean (étant encore adjoint au maire) aurait pu nous marier, mais il avait fait savoir qu'il ne viendrait pas. Un autre adjoint au maire était là pour officier. Quand nous sommes entrés dans la salle, ton père m'a indiqué son père, assis au premier rang, pâle, faible. Je ne l'avais encore jamais rencontré. Je suis allée l'embrasser. Il m'a prise dans ses bras, sans un mot.

Paul avait annoncé lui aussi qu'il ne viendrait pas. Il a pourtant fait irruption pendant le discours de l'adjoint. Il titubait, a proféré d'horribles menaces contre son frère et il a hurlé qu'il souhaitait notre mort à tous. Jean le regardait avec un sourire, comme s'il l'approuvait. Je me demandais s'ils avaient combiné tout cela ensemble. J'ai eu le vertige. J'ai failli tomber… François a essayé de repousser son frère. Les huissiers et ton oncle Bouasse sont intervenus. Paul et son père sont partis. La cérémonie a repris. Tous nos amis étaient bouleversés.

Pendant le dîner qui a suivi, et qu'on a réussi à rendre gai, ton père m'a confié qu'il soupçonnait son père d'avoir commis beaucoup de « saloperies » (c'est le mot qu'il a employé) et qu'en particulier sa célèbre collection de tableaux n'était composée que d'œuvres extorquées aux familles de ses malades ; et qu'il faudrait un jour toutes les rendre.

L'année suivante, ton grand-père est mort. Ton père s'attendait à être déshérité et il s'en moquait. À tel point qu'il a pensé à se débarrasser de cet héritage, immense, qu'il considérait comme injustifié…

Il a quand même tenu à ce que je vive dans le luxe. Un luxe embarrassant, alors que lui travaillait nuit et jour dans la misère. Tu es né cette année-là. La mère de Paul, que je n'avais jamais rencontrée, est entrée dans les ordres.

J'ai repris mes études au conservatoire de Lyon et je continuais d'y croiser Paul. Il me défiait sans cesse du regard. Il disait du mal de moi à mes professeurs. Comme on le tenait pour un prodige, son avis comptait. Il me faisait peur, et j'avais bien raison…

Ce qui suit, je ne te l'ai jamais dit, parce que tu étais trop jeune. Mais tu dois le savoir :

Un soir de novembre 1933, j'avais été invitée à jouer avec Paul à l'opéra de Lyon, le double concerto de Bach. À sa demande. Il voulait jouer avec moi ? Malgré le mal qu'il disait de mon jeu ? Voulait-il se réconcilier ? J'ai prévenu ton père, qui était aussi surpris que moi, et très heureux. J'ai accepté. Paul avait vingt ans. Il était déjà assez célèbre et avait même joué avec l'Orchestre symphonique de Paris, sous la direction de Monteux. Pendant les trois répétitions, il ne m'a pas adressé la parole ni jeté un regard. Or ce concerto, c'est juste un dialogue entre les deux violons solos. Je dois dire qu'il jouait divinement. Surtout le deuxième mouvement. Une interprétation bouleversante. Pendant le concert, il a vraiment essayé de me mettre en valeur. À la fin, ton père est venu m'embrasser avant de repartir à l'hôpital. J'allais quitter ma loge quand Paul est entré. Il était souriant et je l'ai accueilli sans méfiance. Il a fermé la porte, mis le verrou et m'a insultée : j'avais massacré le deuxième mouvement, je ne comprenais rien à Bach, je ne serais jamais qu'un second violon dans un orchestre de troisième catégorie. Puis il s'est avancé vers moi. Je n'oublierai jamais son regard… Il a levé la main, comme pour me frapper. Voulait-il me violer ou me tuer ? Je ne sais. Les deux sans doute. J'ai paniqué. J'ai saisi une bouteille que j'ai fracassée sur sa tête. Il m'a regardée, hagard, en sang. J'étais morte de peur… Il a hésité. Et il est parti.

Je n'ai rien dit à ton père, mais je crois qu'il a deviné. À ma connaissance, ils ne se sont plus jamais parlé.

Ton frère, Pierre, est né le 1er mai 1936, juste avant que ton père n'aille travailler, pour quelques mois, à Paris, au ministère de la Santé. Tu as aimé notre petit appartement de la rue de Turbigo. J'ai commencé à jouer avec les Concerts Lamoureux, que dirigeaient alors Eugène Bigot et Charles Munch. Au lycée, tu apprenais tout à une vitesse folle. La littérature, la politique, les langues : l'allemand, notre yiddish, le russe et l'anglais. J'ai très tôt compris que ton frère était un génie d'un genre différent : à quatre ans, il apprenait les mathématiques à un rythme que tous trouvaient stupéfiant ; et on disait qu'il jouait déjà mieux aux échecs qu'un certain Samuel Reshevsky, qui, à huit ans, battait tous ceux qu'on lui opposait dans des parties simultanées.

Puis, la guerre a éclaté, et ton père est parti combattre dans les Ardennes, où il a été blessé. Après la défaite, il a été démobilisé et nous sommes repartis à Lyon. Quand ont été votées les lois antijuives, et même si ton père n'est pas juif, même si le judaïsme a toujours été absent de ma vie et des vôtres, il était clair que nous serions bientôt visés. J'ai été tout de suite, comme tous les autres musiciens juifs, chassée des Concerts Lamoureux, qui ont ensuite cessé de jouer. Ton père a décidé de nous mettre à l'abri chez des amis à Caluire. Et il est reparti, tu le sais, au combat dans la clandestinité. Nous l'avons si peu vu pendant ces deux ans, j'avais si peur qu'il ne lui arrive malheur.

J'ai tenu bon pour ton frère et toi, émerveillée de vous voir grandir.

En novembre 1942, ton père nous a déplacés à Rive-de-Gier, parce que la zone libre était occupée et que la Gestapo s'était établie à Lyon. Quand, un soir de mai 1944, un médecin de l'hôpital de Rive-de-Gier est venu me dire qu'il était mort dans un échange de tirs avec la Milice, en Lozère, je n'ai pas voulu le croire. Toi non plus. Depuis, nous n'avons jamais eu le moindre signe de lui. Je me suis résignée. Ton père était mort. J'avais bien perdu l'amour de ma vie.

Je n'ai jamais su qui avait renseigné les miliciens qui sont venus nous arrêter deux mois plus tard dans notre cachette hors de la ville. On nous a envoyés à Drancy. On nous a dénoncés, c'est certain.

À Drancy arrivaient deux trains par jour. On les appelait « Paris-midi » et « Paris-soir ». On ne savait rien de ce qui nous attendait. On disait que ceux qui partaient allaient faire les moissons en Ukraine. Tu m'as confié que tu avais l'impression de vivre dans un tombeau. J'en ai frissonné. Nous regardions par les fenêtres les gens qui passaient dans la rue, de l'autre côté du mur, et qui ne nous regardaient même pas. Ton frère en a profité pour jouer avec un grand maître, qui se trouvait là depuis cinq mois. Tu te souviens comme on a ri quand il l'a battu ?

Ton oncle était alors devenu très puissant à Vichy. Il aurait pu nous faire libérer. Je sais qu'il aurait pu. Il en avait le pouvoir. J'ai tant espéré qu'il le fasse. Mais il me haïssait et souhaitait notre mort. Il me l'avait dit…

Un mois plus tard, nous sommes partis pour cet enfer. Il y a trois cents jours. Sept mille deux cents heures.

À notre arrivée, en pleine nuit, il y a eu ce que tu sais…

Essaie d'oublier le sourire de l'officier SS quand il t'a demandé si tu préférais qu'il tire sur ton frère ou sur ta mère. Essaie d'oublier son rire quand tu lui as répondu qu'il fallait qu'il te tue, toi. Son rire, alors, en te regardant… Oublie-le. Oublie aussi la suite…

Et puis, on a été séparés.

Les Allemands savaient que j'étais musicienne. Ils m'ont amenée à Alma, qui dirigeait leur orchestre. Alma. Alma Rosé. La fille d'Arnold Rosé, premier violon solo à l'Orchestre de Vienne, et de la sœur du grand Gustav Mahler… Moi qui aimais tant les œuvres de son oncle, et qui rêvais de jouer un jour avec elle, à Vienne. Allait-elle m'accepter ? J'avais compris que c'était une question de vie ou de mort, que les musiciennes de son orchestre dormaient au chaud et mangeaient à leur faim. Alma n'acceptait pas tout le monde. Elle m'a rassurée d'un regard et m'a prêté un fabuleux violon. D'où venait-il ? J'ai joué devant elle et la SS-*Lagerführerin* Maria Mandel, qui se mêlait de tout. Après un long silence, Alma a fait un signe qui signifiait qu'elle me gardait pour son orchestre. J'étais sauvée.

L'orchestre était déjà dans le *Block* 12, juste à côté des barbelés qui séparent le camp des femmes et celui des hommes. Laisse-moi te le décrire : on a été jusqu'à cinquante musiciennes. La moitié du *Block* 12 était à notre disposition, alors que dans les autres *Blocks* s'entassaient plusieurs centaines de femmes. Notre partie était divisée en deux pièces, l'une pour vivre, et l'autre pour les répétitions. Là, il y avait des pupitres et une grande table et des chaises pour les copistes des partitions. Dans l'autre, il y avait des lits, des tables pour manger, deux poêles, des étagères. Chacune de nous avait son propre lit, une couverture et même des draps. L'hygiène était incomparable avec les autres *Blocks*. On pouvait même utiliser deux fois par semaine une salle de douches réservée aux prisonnières allemandes employées de l'administration, au *Block* 4. Nos rations alimentaires étaient presque suffisantes et on n'allait pas travailler dans des *Kommandos*. Si loin du martyre des autres prisonnières !

Tout ça grâce à Alma. Les SS étaient tellement fascinés par ses solos, pendant les concerts du dimanche après-midi, qu'ils disaient oui à tout ce qu'elle demandait pour nous. Elle a même réussi à nous trouver des vêtements et des chaussures. Habillées d'une jupe bleue et d'une blouse blanche, on jouait Strauss, Brahms, Lehár, Verdi pour accompagner les départs des déportées au travail, les retours des *Kommandos*, les visites de dirigeants SS, leurs anniversaires et leurs fêtes privées, ou le dimanche, sur simple demande de Maria Mandel ou du commandant du camp Josef Kramer. On jouait aussi à l'arrivée des trains, et durant la sélection pour la chambre à gaz, pour que les prisonniers ne se doutent de rien. On aurait pu leur crier qu'on savait ce qui les attendait mais à quoi bon, sinon mourir avec eux. Certaines l'ont fait…

Il y a eu tant d'horreurs.

On jouait aussi pendant les exécutions.

Une nuit, on a entendu des cris épouvantables. Le lendemain matin, on a appris par les hommes des *Sonderkommandos* que, n'ayant pas assez de gaz, les SS avaient jeté des enfants vivants dans la fournaise…

Je t'ai cherché. Oh que je t'ai cherché, cher Yves ! J'ai fini par savoir où tu étais… J'étais si heureuse de te savoir vivant. Le reste ne compte pas, crois-moi… J'ai pu enfin prendre contact avec toi. Et j'ai commencé à mettre au clair cette lettre, que je n'avais cessé d'écrire, certaine que tu étais encore vivant.

Quand, il y a un mois, Alma est tombée subitement très malade, nous avons toutes pensé qu'elle avait été empoisonnée par la femme du directeur du camp. Elle la haïssait. Moi, je n'en pouvais plus ; incapable de tenir mon violon, à peine capable d'écrire. Peut-être aussi empoisonnée… On m'a transférée avec elle, dans cette horrible infirmerie dont on ne revient presque jamais et où je relis encore cette lettre…

Dans ma tête, les sonorités des soirées lyonnaises et des grands concerts parisiens d'avant-guerre, les mélodies de Schumann et de Brahms s'entrechoquent avec les hurlements des enfants arrachés à leurs parents, les gémissements des mourants, les cris des gardiens, les aboiements des chiens, les abominables odeurs... En finir... Tu sais ce qui m'aura manqué le plus, ici ? La cuisine de ma mère. Ma mère...

Tu resteras pour toujours mon beau lion. N'oublie pas, Yves, que l'amour est plus fort que tout ; la haine n'est pas le fondement de la nature humaine ; ce qui se passe ici est un dévoiement de l'humanité. Sa vraie nature est dans Bach, Mozart, Schumann, Goethe. Et même dans Wagner et Strauss.

Tu leur survivras, j'en suis certaine. Tu ne mourras pas de ces monstres. Ne culpabilise pas, même s'il faut que d'autres meurent encore pour que tu vives.

Essaie d'oublier tout ce qu'ils te font subir : ces monstres ne méritent pas de gâcher ta vie. En les oubliant, tu les tueras vraiment.

Toutes les filles ici disent que, si elles survivent, elles ne parleront jamais de ce qu'elles ont vécu. Jamais.

Ton père et ton frère sont morts. Tu es le dernier survivant de notre famille. Pense juste à mener une bonne vie, en ayant les petits-enfants que j'aurais rêvé de connaître.

Quand tu quitteras cet enfer, rentre vite chez ton oncle Bouasse ; il te protégera. Tu découvriras peut-être comment est mort ton père... Ne raconte à personne ce qui nous est arrivé, ce que tu as vécu ici. Ni ce que j'ai vécu. Ni ce qu'a vécu Pierre.

Ne te venge pas sur ceux qui nous ont fait du mal. Ni sur Paul, ni sur ses enfants, s'il en a un jour. Ne te salis pas. Tiens-toi loin de cette famille. Fuis-les. Promets-le-moi.

Et si tu as des enfants, et tu en auras, ne leur parle jamais de tout cela : tu ne pourras pas vivre en sachant qu'ils sont au courant de ce que tu as traversé. Laisse-leur seulement un témoignage détaillé de l'histoire de ta vie, sans rien leur cacher, à lire après ta mort. Et si vengeance il doit y avoir, laisse-la à tes enfants, bien plus tard, quand ils auront fait le deuil de leur père.

Tu as le temps. Tout le temps. Sois heureux d'ici là.

Tu auras une belle vie, j'en suis certaine.

Voilà. Je donne la lettre à une infirmière qui sait comment te la transmettre. Garde-la précieusement. Transmets-la à tes enfants.

Ne m'oublie pas, Yves. Pense à nos moments d'amour. Tous les quatre. Tous les trois. Tous les deux.

Porte-nous plus loin.

Je meurs libre.

Je te bénis au nom du Dieu qui nous a oubliés ici.

Ta mère,
Julia

4

Lettre de François Chardin à son fils Yves Chardin

Siège de la Gestapo, Lyon,
29 août 1944, 16 heures

Mon cher fils,

C'est décidé ; ils vont me fusiller dans une heure. Alors que presque toute la France est libérée, et que les résistants et les Américains sont à la porte de notre prison. C'est trop bête.

Le prêtre m'a promis de te faire porter cette lettre (dont je corrige le texte depuis trois ans, en attente du pire, qui pouvait survenir à chaque seconde). Et puisque tu me lis, c'est que Paul a pu vous faire sortir tous les trois de Drancy et que le prêtre t'a transmis cette lettre à Rive-de-Gier, où Paul a organisé votre retour. J'y parle à mots couverts : je ne sais qui la lira avant de te la remettre. Tu comprendras tout.

Je suis si heureux que tu sois vivant. Et que ta mère et ton frère le soient aussi. Je le sais. Ne me demande pas comment. Je sais au plus profond de moi que vous êtes vivants. Comme me l'avait dit mon père dans sa dernière lettre, que tu trouveras aussi au même endroit : la vie est absurde et seuls les romanciers ont besoin de lui donner un sens.

J'espérais n'avoir à t'envoyer cette lettre que dans quarante ans, après avoir coulé une vieillesse heureuse aux côtés de ta mère et avoir admiré le succès de mes deux fils, et de leurs enfants, dans un monde libre. Je ne connaîtrai pas ce bonheur.

La nouvelle de mon exécution ne va pas te causer de chagrin nouveau, puisque tu me crois mort depuis plus d'un an. Pardonne-moi. La Résistance a exigé de moi de faire croire à tous que j'avais été tué au combat en Lozère. C'était la condition pour que je puisse continuer à diriger le réseau. Et pour que vous ne risquiez plus d'être pris en otages, comme Barbie l'a fait systématiquement avec les familles de tous les résistants qu'il identifiait. J'ai si souvent pensé à vous faire savoir que j'étais vivant, mais c'eût été vous faire prendre un risque insensé.

Il faut donc que je t'apprenne que je suis vivant, au moment où je t'annonce que je vais mourir.

Je ne peux pas te dire que je ne crains pas les balles ; que je ne suis pas infiniment triste de quitter la vie, au moment où nos combats sont victorieux.

Je suis même fou de colère contre tous ceux qui nous ont trahis, et qui m'abandonnent là, cadavre inutile, jeté dans une fosse commune. J'en deviendrais fou si j'en avais le temps.

Tu peux être fier de ton père. Je te lègue infiniment plus que les biens considérables qui t'attendent à ta majorité : je te laisse un idéal. Une France libérée des monstres et des lâches, des délateurs et des fascistes. Je te laisse un monde à reconstruire, par le peuple, pour le peuple. Je te laisse une révolution, à porter plus loin. Une France démocratique, prospère, communiste j'espère, socialiste au moins. La classe ouvrière triomphera. La santé et l'éducation seront bientôt gratuites pour tous. Nous l'avons préparée depuis si longtemps… Je suis convaincu de ne pas mourir en vain.

Dans le bref moment qui me reste avant qu'on vienne m'arracher ces pages, je veux encore relire ce que le manque de temps et la pudeur m'ont empêché de dire à l'enfant que j'ai laissé il y a trois ans. Je pensais que j'en aurais tout le temps plus tard. Quelle illusion… On n'a jamais le temps de dire ou de faire ce qu'on devrait dire et faire tout de suite.

À toi, cher Yves, je dis tout dans le document ci-joint, écrit l'an dernier, en cas de malheur. Tout ce que je ne peux écrire dans les deux autres lettres que je viens de terminer, à ta mère et à ton petit frère. Tu as quatorze ans. C'est très jeune pour devenir chef de famille.

Ton petit frère, Pierre, si génial soit-il, est trop jeune pour lire une lettre écrite par son père quelques minutes avant de mourir. Dans dix ans, peut-être… À dix-huit ans, il sera déjà devenu un grand mathématicien, ou un grand maître d'échecs. Ou les deux.

Ta mère est très fragile… Protège-la. Ne lui lis pas cette lettre. Elle n'a pas besoin de savoir tout cela. C'est une grande musicienne, sensible, merveilleuse. Je l'entends encore jouer les chaconnes de Bach. Je crois que c'est la dernière chose que j'entendrai quand les balles viendront vers moi.

Faire vite… Ils viennent d'emmener Henri et Victor…

Je meurs pour que la France soit libre.

Ton père qui t'aime
François Chardin

Document joint à la lettre

Pour que tu ne m'oublies pas tout à fait, dans les quatre-vingts ans au moins qui, j'espère, te restent à vivre, comme ton arrière-grand-père (jusqu'en 2024 !), je dois te dire tout de moi.

Je suis né en 1905, tu le sais. Ce que tu ne sais pas, c'est que ma mère s'est suicidée quelques mois après ma naissance, en avalant du poison. Elle a agonisé pendant des heures à côté de mon berceau. Je ne l'ai appris que beaucoup plus tard par un frère de ma mère, mon oncle Gabriel Bouasse. Mon père, Jean Chardin, me l'a caché. Comme il m'a caché tant de choses ! Ce n'est qu'après sa mort qu'il m'a appris, par une lettre pleine de mensonges, que ma mère s'était suicidée, sans m'en révéler la raison. Selon cet oncle, elle venait d'apprendre que mon père allait la quitter en me gardant avec lui ; et qu'il avait des aventures avec bien des femmes, et entre autres avec Louise de Forclore, qu'il connaissait depuis leur jeunesse commune. Jean, Simone, Louise. Trois amis d'enfance.

Louise a ensuite prétendu être une femme de foi. Quelle femme horrible ! Sa foi n'était que de l'hypocrisie, empreinte de remords.

Après le suicide de ma mère, Louise est revenue dans la vie de mon père. Et lui, très lâche, m'envoya vivre chez les parents de ma mère, Victor et Ursuline Bouasse, à Rive-de-Gier. Pas loin de là où vous devez être en ce moment. J'ai appris bien plus tard que c'est ce que lui était arrivé aussi : il avait perdu ses deux parents très jeune et il avait dû vivre chez un de ses grands-pères, Alceste Pinteaux.

Décidément, les parents meurent jeunes dans notre famille.

Quand elle a enfin réussi à épouser mon père, Louise a tout fait pour m'éloigner plus encore de lui. Je ne le voyais plus qu'un dimanche par mois. Et encore, pas tous les mois. Louise prétendait lui dicter sa conduite, au nom de son Église, ce ramassis de collabos, de tripoteurs, de lâches, de suppôts de la bourgeoisie. Lui faisait semblant de lui obéir, et n'en faisait qu'à sa tête, obnubilé par ses maîtresses et son insatiable quête d'honneurs.

Quand est né Paul, leur enfant, mon demi-frère, ton oncle, huit ans après moi, mon père ne venait presque plus me voir. Il ne me recevait plus jamais à Lyon, où il vivait avec Louise et Paul, dans leur grand hôtel particulier de la place Bellecour. Il était devenu un célèbre médecin, chef du service de pédiatrie à l'hôpital de l'Hôtel-Dieu, à Lyon ; avec un cabinet privé très florissant ; adjoint au maire de la ville, notable très occupé, de banquet en banquet. Vaguement radical-socialiste. En réalité, comme tous ces gens-là, très à droite, et très antisémite... Et obsédé par les femmes, ce qu'il m'a avoué dans une lettre écrite juste avant de mourir et que j'ai laissée pour toi chez celui qui t'aura remis ce document.

J'ai vécu ensuite une enfance et une adolescence à peu près heureuses à Rive-de-Gier. Ma grand-mère, Ursuline Bouasse, la femme de Victor, m'adorait. Elle m'a soutenu, quand, à dix-sept ans, en 1922, juste après mon baccalauréat, j'ai rejoint le Parti communiste, qui venait de se créer, en rupture avec la SFIO de Léon Blum ; quand je vendais le journal des Jeunesses communistes, *L'Avant-Garde* ; et encore plus quand, très en avance, j'ai commencé des études de médecine, à Lyon. Mon père, lui, ne voulait pas du tout que je suive les mêmes études que lui. Un deuxième Chardin médecin ? Pourquoi ? Et surtout pas le fils de la suicidée ! Il a tout fait pour me nuire, même à la faculté, auprès des professeurs et des autres élèves... Et puis, il s'est résigné. Je crois même qu'il aimait bien, finalement, que je sois un médecin différent de lui.

Quant à Paul, mon demi-frère, je le voyais peu. Il vivait avec ses parents, une vie de grand bourgeois, et il ne me traitait pas comme son grand frère, mais comme un vague cousin de province qu'il est prudent de tenir à distance. Lorsqu'il a compris que j'étais communiste, ce fut pire : j'étais dangereux. Pour les Lyonnais, j'étais le matérialiste, le boucher ; lui était l'artiste, le musicien.

Notre père aurait voulu que Paul, lui, devienne médecin et reprenne sa patientèle. Et quand il a commencé à faire du violon, notre père a tout fait pour le décourager ; mais comme Paul a très vite montré des dons exceptionnels, il l'a laissé continuer ; avec résignation, avec étonnement, puis avec admiration. Il ne parlait plus que de Paul à ses amis. Peu de gens à Lyon savaient même que j'existais.

En 1928, je suis venu, sur l'insistance de mon frère et de notre père, assister au récital de fin d'année du conservatoire de Lyon. Paul (qui en avait quinze) venait d'obtenir le premier prix et voulait me présenter une jeune violoniste, de trois ans son aînée, dont, m'avait-il prévenu, il était très amoureux. La seule chose qui le gênait, disait-il, c'est qu'elle était juive. Dès que nous nous sommes vus, elle et moi, rien d'autre n'existait plus : tu as compris qu'il s'agit de ta mère. Elle était très belle : des cheveux longs, une grâce infinie, un regard rendu un peu étrange par sa myopie et parce qu'elle refusait de porter des lunettes.

Son père avait disparu sans laisser de trace pendant la Grande Guerre. Sa mère avait repris un temps ses cours de musique à Strasbourg. Elles venaient d'arriver toutes les deux à Lyon où elles ne connaissaient personne, sauf des Juifs très religieux, avec qui elles n'avaient rien de commun.

Nous nous sommes revus. À Lyon puis à Paris, où je suis parti faire mon stage d'internat. Éblouis l'un par l'autre. Elle était alors déjà comme tu la connais. Une grande douceur, une volonté de fer. Des doigts d'ange. Une voix miraculeuse. Elle aurait pu être chanteuse autant que violoniste.

Paul a tenté de nous éloigner l'un de l'autre. Il lui a dit du mal de moi. Il m'a dit du mal d'elle. Nous restions sourds à ses médisances. Nous nous sommes mariés quelques mois plus tard, juste au moment où commençait la grande crise aux États-Unis. Un mariage civil seulement, réunissant plusieurs amis proches. Mon père aurait pu nous marier, puisqu'il était adjoint au maire, mais il m'a fait savoir qu'il ne le ferait pas ; et que ni lui, ni mon demi-frère ne viendraient. Pourtant, il est venu et au milieu de la cérémonie, Paul l'a rejoint. J'ai d'abord été heureux de les voir, mais j'ai très vite compris qu'ils étaient là pour faire un scandale. Quand l'adjoint a prononcé le mariage, Paul a hurlé que je n'étais pas digne de Julia et que ne saurais pas l'aider dans sa carrière. Notre père n'a rien fait pour le calmer. Il souriait. Mon oncle Bouasse les a repoussés. Ils sont partis tous les deux, sans parvenir à gâcher la fête.

Ta mère est la femme de ma vie. C'est même, littéralement, la seule femme de ma vie. À tous points de vue. Et notre union fut parfaite, dans toutes ses dimensions.

Tu es né l'année suivante, il y a quatorze ans. La même année, mon père est mort. Je n'ai jamais oublié ce qu'il m'a écrit en mourant : « Sauve des vies. » Comme s'il acceptait enfin que je sois médecin. Et en effet, je suis devenu médecin, deux ans plus tard, en 1932. Généraliste. Cela me plaisait.

Mon père m'a laissé bien des choses de très grande valeur en héritage. Tout te revient. Il y a entre autres sept objets très particuliers, très importants. Je t'en parle un peu plus loin.

Quant à Paul... Je dois t'en parler... Je me suis tenu loin de lui. Et lui de nous. Il a entamé une carrière phénoménale ; c'était étrange de voir comment il se métamorphosait en jouant. Hors de la scène, c'est un monstre cynique, totalement tourné vers lui-même. Quand il commence à jouer, fermant les yeux, les pieds enfoncés dans le sol, il exprime un don de soi absolu ; il fait entendre un son d'une pureté divine, d'une sensibilité vertigineuse.

J'ai d'abord exercé à Lyon dans un petit cabinet dans le quartier des usines. Je soignais des grippes, des varicelles, des crises cardiaques, des jambes cassées, des accidents du travail, des ulcères, la tuberculose, la variole, la poliomyélite, le choléra même. Pour tout cela, nous n'avions aucun traitement. Et très peu de moyens. Et aucun hôpital digne de ce nom à proximité : les cliniques de Lyon n'accueillaient que les riches. J'accompagnais juste de pauvres gens dans la mort. Dans certains quartiers de la ville, la misère était, et est encore, épouvantable ; en particulier pour les ouvrières des fabriques de soieries, y compris celles des Pinteaux. Mon oncle Lucien était alors encore le chef de la famille et son fils Émile, le patron des usines. Je me suis battu pour leur faire respecter le minimum de droits des ouvriers. En vain.

Je n'avais pu me résoudre à vous faire vivre dans la crasse où j'avais choisi d'exercer. C'était mon choix, pas le vôtre. Je changeais d'univers en rentrant chez nous, dans les beaux quartiers. Nous étions heureux.

En février 1936, à Lyon comme ailleurs, les grèves ont débuté dans la joie. C'est là que j'ai compris que, quand ce qui rapproche est plus fort que ce qui divise, tout devient possible.

Ton frère, le petit Pierre, est né le 1er mai de cette année-là. Le jour anniversaire de la grande manifestation ouvrière de Chicago ! Tu avais six ans. Il est si merveilleux. Il sera un grand mathématicien, un grand scientifique. Peut-être même un philosophe. Quand je suis parti, il parlait déjà comme Spinoza sans l'avoir lu. Tu prendras bien soin de lui.

Juste après sa naissance, à la demande du Parti, j'ai dû aller travailler à Paris au cabinet d'Henri Sellier, ministre de la Santé du gouvernement du Front populaire. T'en souviens-tu ? Notre gouvernement a fait de grandes choses en quelques mois, notamment pour protéger les ouvriers des accidents du travail. On voulait faire davantage, mais cela n'a pas duré.

À Paris, je ne voyais pas Paul, qui commençait à être connu, et manifestait une fascination pour ce qui se passait en Allemagne. Il allait y jouer le plus souvent possible et disait, dans des interviews qui me consternaient, le plus grand bien du Führer. Moi, je pensais qu'il fallait mater les fascistes au plus tôt. À la différence de Blum et même de mon parti, j'enrageais de voir toutes les démocraties si lâches face à la guerre d'Espagne, à l'occupation de la Ruhr et à toutes les manifestations fascistes. J'avais aussi beaucoup de doutes sur ce qui se passait vraiment en Russie, alors que tout le monde, même Herriot, se laissait berner : en Ukraine, il a cru à tout ce que Staline lui a montré.

Ne crois en rien, sauf en ce que tu peux vérifier. Étudie les faits, seulement les faits. Si possible, tiens-toi éloigné de la politique. Fais de la recherche, ou tout ce que tu jugeras utile pour la paix. Et fais le bien.

En août 1939, au moment du pacte signé par les Soviétiques avec les nazis, c'en était trop : un coup de poignard dans le dos des démocraties.

J'ai quitté le Parti, sans renoncer à notre idéal. Lorsque, quelques jours plus tard, la guerre a été déclarée, j'ai été rappelé comme médecin et j'ai été blessé au front, dans les Ardennes. Puis ce fut la débâcle. Nous avons quitté Paris et notre petit appartement de la rue de Turbigo pour revenir à Lyon, où j'ai trouvé les Allemands qui occupaient la ville dans la panique générale. Ils ne sont pas restés plus de trois semaines. Trois semaines de pillages.

Pour moi, pas question alors de retourner à l'hôpital. Pas même question d'exercer la médecine : Jean Lépine, le doyen de la faculté de médecine, l'avait mise au service de Pétain. Pas question non plus de rejoindre de Gaulle : je trouvais choquant de prétendre résister depuis les beaux quartiers de Londres ! Et il fallait que je reste en France, ne serait-ce que pour m'occuper de vous.

Quand sont apparues les premières lois antijuives, j'ai compris que, même si je n'étais pas juif, ta mère et vous deux, vous l'étiez, et vous ne seriez pas épargnés. Ta mère n'y croyait pas. Elle pensait que ce n'était pas sérieux, que rien ne pourrait arriver en France et que, de plus, elle n'était en rien juive, sinon par sa naissance. Elle n'était pas la seule : plus de soixante-dix mille Juifs sont alors venus vivre à découvert à Lyon. Quelle inconscience ! Pas question de vous laisser là. Je vous ai cachés chez des amis sûrs à Caluire.

Paul, lui, de retour d'une tournée au Brésil, à la fin de 1940, juste après la mort de sa mère, a décidé d'aller travailler à Vichy, dans l'administration de la musique ! Il s'était acoquiné avec un très grand pianiste, Alfred Cortot, nommé chef de la musique par les collabos. Ton oncle est devenu son adjoint et il a été chargé d'organiser l'élimination de tous les musiciens juifs des orchestres français. Je l'en ai maudit. Très bientôt, après la Libération, il sera sûrement jugé pour ces ignominies. Tu témoigneras pour lui puisqu'il vous a sauvés ; j'espère que, rien que pour cela, il s'en sortira.

Moi, j'ai plongé dans la Résistance. Et tout ce qui suit, tu l'ignores : je peux l'avouer à présent, puisque je vais être fusillé.

On a fondé avec quelques amis un groupe affilié à « Franc-Tireur » et on a commencé par des actions symboliques, comme demander aux gens de ne pas sortir dans la rue le 1er janvier 1941. Puis, en mai 1941, on s'est postés devant un cinéma qui projetait *Le Juif Süss* et on a réussi à dissuader les spectateurs d'entrer dans la salle, sans que la police intervienne. Ensuite, on est passés à des actions bien plus sérieuses : quand le maréchal Pétain est venu à Lyon, le 28 septembre, on l'a attendu devant le stand du syndicat des soieries lyonnaises qui devait lui offrir son portrait en soie brodée. Pour le tuer. Mais il n'est pas passé par là.

On commençait à être repérés par les hommes de Darnand. Cela devenait plus difficile ; mais cela ne nous empêchait pas d'agir. Au moins symboliquement : en mars, l'Orchestre philharmonique de Berlin est venu jouer à Lyon, à l'invitation du service où travaillait ton oncle Paul, à Vichy. Nous avons acheté massivement les places, et le concert se déroula devant une salle quasi vide ! Paul était furieux. Il a compris que j'en étais. Il a retrouvé mon adresse à Lyon et m'a téléphoné. Je ne l'avais pas vu ni entendu depuis mon mariage. Il m'a dit qu'il savait où j'avais caché ma famille et que je ferais bien de me méfier. J'ai pris ses menaces très au sérieux. D'autant plus quand, en juillet 1942, eut lieu la première rafle de Juifs à Lyon, pourtant encore en zone libre.

Aussi, je vous ai fait partir de Caluire pour vous envoyer à Rive-de-Gier, chez d'autres amis. Et j'ai dû faire croire à tout le monde, même à vous, que j'étais mort, pour vous protéger.

En septembre 1942, j'ai créé un autre groupe de résistance avec Henri Bardin, Victor Le Gloanec, Gustave André, Roger Coutarel, Jean Tabourin, Jean Simonie. On ne s'est plus quittés.

(Ajout de dernière minute : Henri et Victor ont été fusillés tous les deux il y a une heure. Les deux Jean sont là. Ils vont mourir avec moi.)

En novembre 1942, quand les Alliés ont débarqué en Algérie et que la zone libre a été occupée, Lyon est devenu le siège de la Gestapo, de la SS, de la Feldgendarmerie et de la Milice. Au début 1943, un certain Werner Knab, venant des *Einsatzgruppen* et du Sipo-SD de Kiev, a pris le commandement de la police ; et un nommé Klaus Barbie, qui venait de Dijon, après avoir passé deux ans en Russie, a pris la direction de la Gestapo. Des monstres. Le 9 février 43, Barbie a organisé la rafle de la rue Sainte-Catherine, qui a envoyé 86 Juifs en partie à Auschwitz… Il faisait arrêter les familles des résistants et il a fait fusiller 22 otages, dont des femmes et des enfants, en représailles d'un attentat sur deux policiers allemands ; il a torturé lui-même et fait torturer des dizaines de gens. Je craignais beaucoup pour vous.

La situation est devenue intenable pour la Résistance ; en juin 43, Jean Moulin a été arrêté à Caluire. J'avais bien fait de ne pas vous y laisser. Le comité directeur des MUR a décidé de quitter Lyon pour Paris. On m'a supplié de les suivre. J'ai refusé. Je voulais libérer la ville moi-même. C'était mon obsession : Lyon devait être libéré par des Lyonnais. Je suis resté, avec quelques amis, dont Henri, Victor et les autres. J'ai su à ce moment-là que Barbie me recherchait encore… J'ai pensé à vous faire partir… trop tard…

Fin juillet 1943, on vous a arrêtés, à Rive-de-Gier, ta mère, ton frère et toi, sûrement à la demande de Barbie qui espérait me faire ainsi sortir de l'ombre. Il n'avait pas cru à ma mort… Qui l'avait renseigné ? Je pense maintenant que Paul n'y est pas pour rien… J'espérais qu'il vous ferait transférer à Lyon et qu'on pourrait vous libérer. Mais non… Vous avez tout de suite été envoyés à Drancy.

J'ai alors pris tous les risques et je suis allé à Vichy voir Paul. Je ne l'avais pas revu depuis le jour où… Depuis près de dix ans, en tout cas. Ne me demande pas comment j'y suis arrivé… Il revenait d'une tournée de concerts en Allemagne ; il était stupéfait de me voir. Il m'a reçu, très embarrassé, pas du tout content de me voir là. Inquiet, même. Inquiet pour lui, pas pour moi : il accueillait un terroriste ! Nous ne nous sommes vus que quelques brèves minutes, au quatrième étage de l'hôtel du Parc, dans une minuscule chambre où se trouvait son bureau. Sa première question fut : « Tu n'es pas mort ? », puis : « Comment as-tu pu entrer ?! » J'ai souri et j'ai haussé les épaules. Je n'ai pas reparlé du passé. Je lui ai demandé de vous faire libérer de Drancy. Il m'a fixé très longuement : libérer la femme qu'il convoitait et que je lui avais volée ?… Me faire arrêter sur place ?… Il agitait sa main comme s'il battait la mesure. Longuement. Et puis, il s'est vanté d'avoir déjà sauvé de nombreux résistants et il m'a promis de vous faire libérer. En échange, il m'a demandé de lui confier sept objets (je n'en dis pas plus ici, tu sauras de quoi je parle) que m'avait légués mon père. Il pouvait les mettre à l'abri, se justifia-t-il, c'était plus sûr : ces objets pourraient être considérés comme des œuvres juives, en raison de votre mère, et mieux valait les lui laisser en dépôt que de prendre le risque de les voir partir en Allemagne. Il m'expliqua que René Huyghe, au Louvre, faisait pareil, avec des objets du même genre, appartenant à Robert et Maurice de Rothschild. Naturellement, ajouta-t-il, il en garderait un, « en souvenir ».

J'ai accepté. Je pensais bien qu'il voudrait tous les garder… Mais que faire d'autre ? Rien ne valait vos vies, évidemment. J'ai écrit à un ami de la famille (je n'en dis pas plus pour le protéger) en lui demandant de donner à Paul les codes d'accès à ces objets, là où ils étaient, dès qu'il aurait la preuve que ma femme et mes enfants avaient été libérés.

J'ai craint jusqu'à la dernière seconde que Paul ne me fasse arrêter… Mais non… Je suis même resté deux jours dans cette ville. Des résistants avaient infiltré le cœur de l'appareil de la collaboration. Et ils ont été très utiles.

J'ai repensé à sa surprise de me voir vivant. Il était donc si proche de la Gestapo, qu'il avait été informé de ma mort ?

Une semaine plus tard, on m'a fait savoir que vous étiez libres et cachés « là où ma mère avait fait ses études ». Et que les codes d'accès aux sept objets avaient été transmis à Paul.

Tu iras voir Paul pour les récupérer. Tu apprendras par la lettre de mon père que te donnera cet ami qu'il nous est interdit de commencer à les vendre avant vingt ans après sa mort (donc dans six ans).

J'ai cherché en vain le vrai propriétaire. J'ai seulement appris que, contrairement à ce qu'avait prétendu mon père, M. Duplessix n'était pas mort en 1903 avec sa compagne et leur fils, mais beaucoup plus tard, en 1924, et sa compagne en 1929. Leur fils, lui, était parti aux États-Unis et il est sans doute encore vivant (il n'aurait que 44 ans aujourd'hui). Je ne l'ai pas retrouvé. N'abandonne pas et cherche-le encore.

Puis tu jugeras par toi-même ce qu'il faudra faire de ces objets. Agis avec eux de telle sorte qu'on ne nous oublie pas.

Je répète : agis avec eux de telle sorte qu'on ne nous oublie pas.

Vous sachant à l'abri, j'ai continué à mener le combat en Lozère, puis dans le Rhône. Depuis avril de cette année, les nazis et les collabos se sont mis à exécuter de plus en plus d'otages et de résistants. Barbie a fait rafler 44 enfants juifs à Izieu. Nos hommes continuaient à attaquer ; les derniers survivants de nos groupes associés à « Libération », « Combat » et « Franc-Tireur » ont fait sauter des trains, coupé l'électricité, organisé des parachutages, caché des évadés. À Saint-Étienne, nous avons fait assassiner le chef de la Gestapo et le chef de la Milice.

Après le débarquement en Normandie, les troupes allemandes qui remontaient du Sud ont regroupé des femmes et des enfants dans une église, et ils y ont mis le feu ; ils ont aussi fusillé des soldats sénégalais qui s'étaient rendus. Le 29 juin, ils ont occupé Lyon. Moi, je voulais plus que jamais libérer la ville. Comme Paris l'est en ce moment même !

En juillet, nos chefs, Alban Vistel et Marcel Descours, m'ont interdit d'attaquer les Allemands : « Tu n'as pas assez de moyens », disaient-ils… J'avais pourtant encore mes 500 hommes des MUR et quelques dizaines de mitraillettes et de pistolets. On se cachait, on allait de planque en planque. Et on faisait ce qu'on pouvait pour gêner les Allemands.

Début août, il y a trois semaines, alors que l'armée américaine approchait enfin de Paris, tout le monde politique s'est mis à grenouiller ici. Édouard Herriot, libéré par Laval, est allé déjeuner avec lui et Abetz à l'hôtel Matignon, pour sauver sa peau ! Après la guerre, je suis sûr que ce salaud d'Herriot prétendra avoir résisté !

Le 5 août, j'ai été arrêté à l'hôpital où j'étais passé relever le courrier, et on m'a envoyé à Montluc, avec Gustave, Roger et tous les autres. Qui nous a dénoncés ? Paul ? C'est très possible. Il a intérêt à ma mort. À moins qu'il n'ait déjà fui, comme tant d'autres collabos.

Le 11 août, Barbie a fait partir directement de Lyon pour Drancy un dernier convoi : 650 personnes dont trois cent huit Juifs. La semaine dernière, il a fait fusiller 70 Juifs à Bron et la plupart des 120 prisonniers de la prison Montluc à Saint-Genis-Laval.

J'ajoute ces derniers mots à mon texte :

Le 23 août, il y a une semaine, Rive-de-Gier a été libéré et depuis, je suis soulagé : vous êtes en sécurité désormais. Ce jour-là, Gustave André, Roger Coutarel et moi, on a été sortis de la prison de Montluc et enfermés au siège de la Gestapo à Bellecour. C'est là où nous sommes. Il y a cinq jours, les Allemands ont quitté Montluc sans fusiller le millier de prisonniers qui s'y trouvaient encore. Nous pensions que, nous aussi, nous allions être épargnés. Mais on ne nous libérait pas ; l'angoisse a commencé à grandir...

Hier, Vistel a pu me faire savoir qu'il avait enfin décidé d'envoyer les quinze cents hommes du commandant Chabert, ceux du colonel Romans, du colonel Darciel et du commandant Mary pour prendre contact avec les groupes-francs de la ville et venir nous libérer.

Trop tard...

En ce 29 août, dix-huit heures, il fait très beau. Je vais être fusillé d'un instant à l'autre, alors que Paris est libre et que mes libérateurs se trouvent à moins d'un kilomètre...

J'entends les pas et les hurlements des miliciens.

Je t'aime et j'ai confiance en toi. Vis heureux. Protège ton frère et ta mère. Tu diras à tes enfants que leur grand-père est mort pour qu'il fasse bon vivre en France.

François Chardin

5

Lettre de Rachel Juvisy-Chardin à son fils Benjamin Chardin

Hôpital psychiatrique du Rosais,
Saint-Servan, 6 octobre 1963

Mon cher fils,

Ne t'étonne pas de mon ton, ni de la tranquillité de cette lettre, malgré l'enfer où je vis et la colère qui m'habite. Ici, ils savent au moins une chose : mater chimiquement mes colères.

Ton père, le grand Paul Chardin, ce musicien immensément vénéré, malgré tous ses crimes, t'a sûrement dit que j'avais été enfermée en 1951 dans l'hôpital psychiatrique du Rosais à Saint-Servan, à sa demande. Tu n'avais pas encore trois ans. Quels souvenirs pourrais-tu avoir de ta mère ? Aucun, sans doute.

Il t'a sans doute dit aussi que j'y étais morte au bout de deux ans. Un mensonge de plus : je vais y mourir maintenant. Dix ans plus tard. Sans jamais t'avoir revu. Après douze ans de cachot, de tortures, de médicaments, de somnifères et de solitude. Dans un horrible endroit, où on ne peut échapper ni aux hurlements des enfermés ni à l'odeur âcre de leurs excréments.

As-tu déjà entendu parler de Camille Claudel, morte il y a vingt ans, enfermée comme moi de force par sa famille dans un asile psychiatrique ? Je ne suis pas plus folle qu'elle. Pas moins folle d'amour qu'elle. Pas moins abandonnée qu'elle. Et je vais y mourir, comme elle.

Je suis convaincue que tu n'as jamais reçu les lettres que j'ai tenté de te faire parvenir. Tu liras peut-être celle-ci, que je confie à une nouvelle psychiatre, le Dr Mélanie Saprinski, qui a accepté de m'écouter et m'a promis de venir te voir à Paris, en cachette de ton père.

Écoute-la. Tu es aujourd'hui en âge de comprendre. Elle te racontera ce que je vis.

Tu as quatorze ans. Que t'a raconté ton père sur moi ? Comment a-t-il justifié mon enfermement ? Il a sûrement prétendu que j'étais devenue folle, que j'avais essayé de te noyer dans ton bain. Qu'il avait tenté de me raisonner, avant de prévenir la police, sur l'insistance de ses amis, inquiets pour toi.

Tout cela est un tissu de mensonges. Je n'ai jamais voulu te faire du mal. Il est vrai que j'ai, un jour, laissé trop longuement couler l'eau dans la baignoire, alors que tu étais avec moi. Et que ton père nous a retrouvés là. En réalité, je voulais me suicider en me coupant les veines dans l'eau, parce que ton père avait l'intention de me quitter. Et c'est ta présence qui m'a arrêtée. Tu m'as sauvé la vie. À aucun moment je ne m'en serais prise à toi.

Quand il a voulu me faire enfermer, je n'ai rien pu faire. On m'a séparée de toi. La police, le préfet, les médecins, le juge, tous se sont rangés du côté de ce grand musicien contre sa femme indigne. La justice donne toujours raison aux hommes. J'ai rencontré tant de femmes, ici, devenues folles par amour, enfermées pour le bon plaisir de leurs maris. Et oubliées jusqu'à leur mort.

J'aimais ton père. Je l'aime encore. C'est peut-être cela, ma vraie folie. Aimer mon bourreau. Même s'il ne m'a jamais aimée, s'il m'a manipulée, si je n'ai jamais été qu'un jouet entre ses mains. Et s'il m'a reléguée ici.

Je veux que tu saches qui je suis, l'amour que j'ai pour toi et qu'on m'a interdit de te donner. Je veux que tu saches quel monstre est Paul Chardin, ton père.

Mon père se nommait Anton Joweicizc. Dans sa jeunesse, il était fourreur dans une ville qu'on nommait Vilnius avant qu'elle ne devienne soviétique et qu'on l'appelle Vilnà. En 1920, au moment où la ville est redevenue pour un temps polonaise, mon père a émigré à Paris ; il a francisé son nom en Juvisy et s'est installé dans le Sentier, où il a réussi à se constituer une belle clientèle. C'est là qu'il a rencontré ma mère, Yohanna Rudnicki, une Juive de Nancy. Ils se sont mariés et ont travaillé ensemble. Je suis née à Paris en 1922. Nous n'habitions pas loin du Pletzl, ce que les Français appellent la place Saint-Paul, ou « la place des Juifs ». Mon père allait tous les vendredis soir et tous les samedis matin à la synagogue de la rue Pavée. Ils n'ont pas eu d'autre enfant que moi.

À la maison, tout était très gai. En été, nous partions une semaine, parfois deux, à Nancy, chez un oncle de ma mère. J'ai fait de très bonnes études. Quand j'ai eu dix-huit ans, en 1940, j'ai voulu devenir avocate. Les rares photos de moi, que je joins à cette lettre, te montrent une jeune fille aux cheveux longs, plutôt jolie je crois. On disait même que je ressemblais à Carmen Cansino, qui commençait à se faire appeler Rita Hayworth et qu'on avait vue au cinéma dans *Seuls les anges ont des ailes*. J'aimerais que tu voies ce film… Que tu te souviennes de moi ainsi.

Lorsque les premières lois antijuives sont entrées en vigueur, j'ai dû quitter la faculté de droit, où je venais à peine d'entrer. Il a fallu se cacher. Je voulais partir à Marseille, où des amis arméniens de mes parents nous avaient proposé de nous faire héberger par leurs cousins. Mes parents ont préféré rester à Paris ; je suis restée avec eux. Nous avons été cachés par un de leurs clients, un couturier protestant, qui vivait rue de la Faisanderie, dans le seizième arrondissement. Nous étions trois dans une toute petite chambre de bonne. Il fallait beaucoup d'amour pour ne pas nous haïr. Je lisais énormément. Sand,

Baudelaire, Balzac, Zola, Proust, Martin du Gard, Genevoix, Romain Rolland. Puis, quand la zone libre a été occupée, j'ai insisté pour partir à Marseille. Mon père a tout fait pour me convaincre de rester. En vain. Juste avant mon départ, le 6 décembre 1942, il s'est habillé en blanc de pied en cap, il a posé ses mains sur ma tête, m'a bénie et a cité une phrase de son livre favori qu'il lisait et relisait sans cesse, le Pirké Avot, un recueil de commentaires de rabbins. J'entends encore sa voix sombre et son accent polonais : « Un instant dans ce monde vaut tout le monde futur. » Et il avait ajouté : « Cela veut dire : Ne renonce jamais à vivre. »

Trois jours seulement après mon départ, mes parents ont été dénoncés, sans doute par un voisin ; ils ont été emmenés à Drancy puis, quinze jours plus tard, à Auschwitz. Je ne l'ai appris que bien plus tard.

J'ai réussi à atteindre Marseille et à m'y cacher pendant tout le reste de la guerre, chez des cousins de mes amis, des commerçants arméniens. Pendant que, juste à côté de leur appartement, au même étage, un dentiste borgne faisait croire à tous les Juifs qui lui faisaient confiance qu'il mettait à leur disposition une filière d'évasion vers le Portugal – avant de les livrer à la Gestapo, en gardant leurs biens.

Là encore, je lisais tous les livres que je pouvais me procurer : Shakespeare, Dumas, Hugo, Goethe, Dickens, Zweig, Perutz, Tourgueniev.

J'écrivais des poèmes, des nouvelles et je tenais mon journal... Enfin, j'avais si peu de papier...

En février 1945, bien après la libération de la ville, j'ai appris que les camps de l'Est commençaient d'être libérés par les Russes. Je suis revenue à Paris pour chercher mes parents.

En avril 1945, j'allais encore tous les jours à l'hôtel Lutetia, où étaient regroupés les rares survivants à leur arrivée en bus des gares de l'Est et du Nord. J'attendais au milieu d'une foule de gens de plus en plus désespérés. Nous formions une sorte de haie devant la porte, pour accueillir les quelques déportés qui arrivaient. Nous leur tendions des photos des nôtres. Un geste absurde : ceux qui venaient des marches de la mort, épuisés, hagards, fantômes tristes, ne pouvaient pas reconnaître quelqu'un qu'ils avaient peut-être croisé quelques mois plus tôt le crâne rasé, en pyjama rayé, avec trente kilos de moins que sur les photos que nous agitions frénétiquement. Ils nous regardaient avec effarement, comme coupables d'être vivants, incapables de nous transmettre ce par quoi ils étaient passés et dans quel enfer avaient été engloutis ceux que nous attendions.

Nous espérions toujours, pourtant. Quelques familles ont retrouvé l'un des leurs. J'entends encore leurs cris de joie, qui nous redonnaient la force de revenir le lendemain.

Pendant ces longues périodes d'attente, nous faisions surtout connaissance les uns avec les autres. C'est là que, fin avril 1945, j'ai rencontré ton père. Il disait qu'il était musicien, qu'il se nommait Paul Chardin, et qu'il cherchait sa belle-sœur et ses deux enfants, dont il avait perdu la trace à Drancy. Nous avons discuté. Son frère, disait-il, avait été fusillé par les miliciens malgré tous ses efforts, et ceux des autres résistants, pour le sauver. Son léger bégaiement lui donnait un air de sincérité. J'ai vite découvert qu'il était un des plus célèbres violonistes et chefs d'orchestre du monde. Je le trouvais extraordinairement beau malgré sa très petite taille ; les muscles de son visage disaient tout de sa force, de son énergie, de sa volonté. Il était très élégant. Trop, peut-être… J'aurais dû me méfier. Nous nous sommes revus. Très vite, il m'a fait la cour. Il semblait amoureux et pressé. J'étais seule. J'étais flattée. J'ai aimé sa force. Son extraordinaire regard. Sa voix, ses mains… J'ai aimé ton père. À la folie. Tout de suite. Plus que tout.

Je l'ai rejoint dans son hôtel particulier de la Muette, où les attributs de sa gloire s'affichaient partout : les pianos, les statues, les trophées, les photographies, les disques, les programmes de concerts, et des milliers de pages d'archives. Je n'ai pas remarqué tout de suite qu'il n'y avait aucun livre.

Je l'ai épousé en octobre 1946. J'avais vingt-quatre ans. Il en avait neuf de plus.

Notre nuit de noces fut, pour lui comme pour moi, une souffrance. J'ai compris qu'il n'aimait pas les femmes. Ou, en tout cas, que l'amour physique avec une femme était pour lui une corvée. Il voulait pourtant un enfant, disait-il.

Bien plus tard, j'ai compris qu'il voulait juste épouser une Juive pour se prémunir contre les accusations qui n'allaient pas manquer de lui tomber dessus. Et que, faute de trouver une rescapée des camps, il avait jeté son dévolu sur moi.

Et des accusations il y en a eu beaucoup. Juste après notre mariage.

Tu ne le sais pas, parce qu'il a réussi à le faire disparaître de ses biographies officielles, mais ton père a travaillé très activement pour les Allemands. Peu après notre mariage, je l'ai entendu en parler avec son idole, Alfred Cortot, un très grand pianiste (aussi grand pianiste que ton père était grand violoniste). Ils étaient inséparables. Et ils aimaient se raconter leurs exploits de l'Occupation, où ils avaient réussi, se vantaient-ils, à « purifier la musique en France ».

En décembre 1945, ton père est passé devant un comité d'épuration, puis en mars 1946 devant un tribunal. Il a fourni le témoignage de la soprano Marya Freund qu'il aurait aidée à fuir. Il a prétendu avoir aussi remué ciel et terre pour sauver son frère François, sa belle-sœur, Julia, et leurs enfants, Pierre et Yves Chardin, dont il ignorait le sort. Il a raconté qu'il était dans la Résistance à Lyon en août 1944 pour la libération de la ville où son frère venait d'être exécuté par des miliciens.

Il a expliqué longuement qu'il était lui-même en partie juif, par la famille de sa grand-mère, les Pinteaux, ces soyeux de Lyon, qui se nommaient en réalité Pinto. Et qu'il n'aurait jamais, affirma-t-il, épousé une autre femme qu'une Juive…

Ça a marché. Il a été acquitté. Un peu plus tard, il a même reçu la Légion d'honneur.

Il a alors très vite repris ses concerts comme violoniste puis comme chef. D'abord en province. Puis, au théâtre des Champs-Élysées, à Paris, en janvier 1947 ; ce soir-là, il voulait jouer deux concertos pour violon de Bach et de Beethoven avec l'Orchestre de la Société des Concerts, dirigé alors par André Cluytens. Mais son passé l'a rejoint : le syndicat des musiciens de Paris a interdit aux musiciens de jouer avec lui et il a dû se contenter de jouer seul des œuvres de Bach et de Schubert, tandis que l'orchestre jouait, sans lui, d'autres pièces de Bach et de Debussy… Pendant qu'il jouait, en bis, l'*Ave Maria* de Schubert, un spectateur a crié : « En mémoire de Ravensbrück ? » et un autre : « Vous le dédiez à votre ami Hitler, monsieur Chardin ? » J'étais dans la salle et je le défendais encore.

J'ai fait deux fausses couches. Puis tu es né, en mars 1949. Je t'ai appelé Benjamin, parce que tu étais le frère des deux enfants que j'avais perdus.

Après ta naissance, il ne m'a plus touchée. Il me hurlait dessus à la moindre occasion. Un soir, il m'a lancé, devant des amis, que j'étais folle et qu'il allait me faire enfermer. Il passait davantage de temps avec son chat, Elektra, qu'avec moi. Il adorait ce chat, jusqu'à l'obsession.

Un autre soir, où il était ivre et où il avait essayé en vain de trouver assez de désir pour venir dans mon lit, il s'est vanté d'avoir berné tout le monde et d'avoir réussi à se faire passer pour un résistant. Il m'a redit sa haine des Juifs, en parlant en particulier d'une jeune fille qui avait dû l'éconduire. Je n'ai jamais su son nom.

J'ai commencé à prendre conscience du monstre qu'il était et j'ai cherché à comprendre qui il était vraiment. Cela a été facile : il s'aime tellement qu'il garde dans son bureau tout ce qui parle de lui. Même le pire. Des photos, des coupures de presse, des programmes de concerts, des invitations à dîner, des interviews, des lettres, des notes manuscrites, des décorations, des résultats de jury. Il gardait tout. Et j'ai pu les consulter longuement, quand il était en tournée.

Et voilà ce que j'ai pu reconstituer. Attends-toi au pire.

Ton père a été l'adjoint à Vichy d'Alfred Cortot. Cortot est, aujourd'hui encore, comme ton père, vivant et adulé, alors qu'ils étaient tous les deux, pendant toute la guerre, des collabos très actifs. Tous les deux ont signé un « appel contre le terrorisme », c'est-à-dire contre la Résistance, en 1941. Décorés de la francisque, ton père et lui donnaient d'innombrables concerts à Paris et ailleurs en France, parfois en présence de hauts responsables du gouvernement de Vichy et d'officiers allemands. Dès 1941, ton père jouait, comme soliste ou comme chef, avec des orchestres allemands en tournée en France et souvent sur l'antenne de Radio-Paris. Invité par Wilhelm Furtwängler à donner des concerts en Allemagne, ton père n'a pas hésité à accepter et il a même été, avec Alfred Cortot, le premier musicien français à jouer en Allemagne après la défaite. Il a aussi suivi Cortot à Vichy, dans le cabinet d'Abel Bonnard, ministre de l'Éducation nationale du gouvernement de Pierre Laval, en charge du Comité d'organisation professionnel de la musique. Il était son adjoint quand Cortot présidait le jury des auditions pour l'orchestre de la Radio nationale et refusait tous les musiciens juifs ; et ils ont ainsi organisé ensemble la « purification des orchestres français ».

J'en ai des preuves, jointes à cette lettre : ton père a dénoncé à la Gestapo, entre autres, le pianiste Léon Kartun qui a ensuite connu l'enfer en travaillant à la construction du mur de l'Atlantique et qui survécut par miracle ; le violoniste Dany Brunschwig qui survécut par miracle ; le très grand flûtiste Marcel Moyse qui réussit à leur échapper et à fuir aux États-Unis ; le grand compositeur Reynaldo Hahn qui a pu se cacher à Monaco. Il a également livré aux Allemands le pianiste prodige François Lang, héroïque au combat en 1939, qui est mort à Auschwitz à trente-cinq ans, après avoir refusé de se joindre à une évasion du train qui l'y amenait, pour ne pas abîmer ses mains... Il n'a rien fait non plus pour aider Clara Haskil, qui réussit à fuir en Suisse juste avant d'être arrêtée, et Vlado Perlemuter, l'un et l'autre des anciens élèves de Cortot et deux des plus grands pianistes du XXe siècle. Et quand le pianiste Lazare Lévy est venu le supplier de sauver son fils Philippe, responsable du mouvement « Combat », qui venait d'être arrêté par la Milice, il n'a rien fait non plus : Philippe Lévy est mort à Auschwitz.

Le pire, dont je suis absolument certaine, parce qu'il s'en est vanté devant moi : il a fait chasser la femme de son frère de son orchestre ; il l'a dénoncée à la Milice, et il n'a rien fait pour la sauver quand elle a été arrêtée et emmenée, avec ses deux enfants, à Drancy puis à Auschwitz.

Un an après ta naissance, à la fin de 1950, au cours d'un des rares soirs où il était à la maison, il a hurlé qu'il n'avait plus besoin de moi, que je ne lui servais plus à rien, et que nous devions nous séparer. J'ai quitté la pièce en le laissant seul avec son chat qui ne le quittait plus.

Au matin, le chat était mort. Paul était fou de colère. Il m'a accusée d'avoir tué Elektra ; il m'a dit que j'allais le tuer, lui aussi. Et te tuer également. Il a crié que les Juifs étaient tous des monstres, qu'il avait fait ce qu'il avait pu pour les exterminer, et qu'il n'avait pas fait assez.

Il a porté plainte contre moi, pour violence contre toi et contre le chat. Il a trouvé un professeur de médecine de ses amis, qui a signé tous les papiers. Il n'a pas eu de mal à convaincre le préfet de police, qu'il avait dû inviter à des concerts, de me faire enfermer. Je n'avais personne pour me défendre. Et la loi de 1838 s'est appliquée contre moi, impitoyablement.

En janvier 1951, il a obtenu tous les droits de garde sur toi ; on m'a déclarée folle (« délire de persécution avec zone dégénérée ») et on m'a envoyée dans cet hôpital. Je n'ai même pas pu t'embrasser avant de partir. Je pensais y rester que quelques semaines. Je n'en suis jamais sortie.

Quand je suis arrivée ici, les autres chambres étaient presque vides : tous ceux qui y étaient enfermés avant 1939 y étaient morts de faim pendant la guerre.

Je n'ai pas vécu l'enfer dans les camps : j'en ai vécu un autre ici. Ça a commencé par des ponctions dans le dos, des prises de sang, des tests pour savoir si j'avais la syphilis. Et puis il y a eu le Véronal. Ils voulaient que je dorme absolument, me faire taire. Je n'étais pas folle, tu me crois, n'est-ce pas ? Ou plutôt si, j'étais folle d'être là. Folle de rage contre lui. Ils ne m'ont jamais écoutée. Après ça, il y a eu les camisoles. Et puis les électrochocs. Il faut que tu saches : on endort cinq minutes avec du curare ; on met des électrodes au niveau du front, des compresses dans la bouche, puis le courant ; s'ensuivent des convulsions épouvantables. Quelques jeunes psychiatres parlaient pourtant entre eux de psychothérapie collective, de loisirs, de travail des patients. Des discours. Puis plus rien. Je n'ai pas vu de médecin pendant des années. Chaque fois que j'allais mieux, que je demandais à sortir, ton père faisait le nécessaire pour que je reste là. Comme Camille Claudel. Sans presque rien à manger. Sans rien à lire.

J'ai essayé d'écrire à bien des gens. Comme Camille Claudel écrivit à son frère, au Dr Michaux, et à tant de gens. Mais personne ne m'a jamais répondu, à moi non plus. Pendant toutes ces années, je n'ai pas pu sortir une seule fois. Comme Camille Claudel. Je n'ai eu droit ni au cinéma, ni aux livres, ni même de voir la mer. Nous étions pourtant juste à côté de Saint-Malo. Rien. Rien.

Voilà ma vie, ma pauvre vie. Je ne suis pas folle. Je suis juste la victime d'un monstre. N'oublie rien de tout cela, mon fils. Tu dois venger ta mère. Fais éclater la vérité. Avec les preuves que je te donne là, tous les moyens de le faire tomber de son piédestal, de son vivant.

Je t'aime tant, sans t'avoir presque jamais vu. Je t'imagine adulte, puissant et fort. N'oublie pas ta mère. Pense à la tendresse que j'aurais voulu te donner.

Ta maman qui t'aime
Rachel

6
Lettre de Li Mei Xin-Chardin à sa fille Sophie-Julia-Lian Chardin

Hôpital central de Hong Kong, 6 mai 1992

Ma chère fille,

Si ton père te lit ces lignes, c'est que je suis morte sur la table d'opération. Cette lettre lui aura été remise à votre arrivée à Hong Kong et Benjamin aura estimé que tu es prête à connaître la vérité sur ta mère.

Je souffre. Chaque parcelle de mon corps vibre de douleur. Une douleur que rien ne parvient plus à atténuer. J'ai trop négligé les signes qu'il aurait fallu prendre au sérieux depuis des années. Le chirurgien, un Anglais, ne s'est pas embarrassé de précautions pour me l'annoncer : désormais, j'ai peu de chances de survivre. D'autres médecins furent aussi brutaux avec ma mère. On ne leur apprend donc nulle part à exprimer de la compassion pour leurs malades ?

Dans la tradition, confucéenne, de mes parents, comme dans celle, juive, de Rachel, la mère de ton père, la mort est intolérable ; il n'y a rien à attendre de l'après. Je n'attends donc rien.

Je suis trop jeune pour te laisser seule avec ton père, le trop modeste Benjamin Chardin, et avec ton grand-père, le trop illustre et monstrueux Paul Chardin.

Trop jeune pour mourir : à peine trente ans. Et toi tu es beaucoup trop jeune pour recevoir une telle lettre : tu as juste huit ans.

Je ne t'avais pas encore raconté l'histoire de ma famille. Je pensais en avoir tout le temps. Mais non. Alors, je te l'écris. Tu es assez mûre pour la comprendre. Et ce que tu ne peux encore comprendre, ton père te l'expliquera dans quelques années.

Au début de ce XXe siècle, dans les derniers temps de l'Empire, mes grands-parents paternels, les Xin, étaient de grands marchands à Nankin ; ils faisaient venir de Londres des produits européens, qu'ils revendaient ensuite dans de nombreuses villes d'Asie. Ils sont devenus riches et puissants, au point de déménager en 1910 dans une très vaste maison de Shanghai, dans la concession française, où mon père est né en 1920. Son prénom était Tao, qui veut dire « longue vie ».

C'était une très jolie maison à deux niveaux, près de l'église Saint-Ignace, bordée d'un grand parc. Les murs extérieurs du rez-de-chaussée étaient en brique rouge, ceux de l'étage peints en blanc ; les toits étaient en pente, comme en France, nous disait-on, et deux lions de pierre gardaient la porte principale.

Je suis née bien plus tard dans cette maison et j'y ai vécu jusqu'à mes huit ans, en 1970. Existe-t-elle encore ? Un jour peut-être, tu iras le vérifier.

Quand a commencé la guerre contre les Japonais, dans les années 1930, la vie à Shanghai est devenue très difficile. En 1941, la ville est tombée. Ils ont beaucoup détruit, massacré, brûlé. Au même moment, les Américains sont entrés dans la guerre, et ni le gouvernement nationaliste réfugié à Chongqing, ni celui de Mao Tsé-toung, qui menait des guérillas depuis les campagnes, n'avaient plus le moindre contrôle de la situation.

Pour fuir ce chaos, en 1942, laissant leur demeure et leurs biens entre les mains de gardiens sûrs, mon grand-père et sa famille sont partis s'installer à Hong Kong, sans rien perdre de leur prospérité : la famille y avait depuis longtemps une filiale. Au grand dam de son père, qui voulait qu'il l'aide à développer les affaires de la famille, mon père est entré à l'université, où il a étudié l'histoire chinoise ; avant de partir, en 1946, finir un doctorat à Cambridge.

En 1949, à vingt-neuf ans, il est revenu à Hong Kong, où il est devenu professeur assistant d'histoire chinoise à l'université. Il a écrit tout de suite un livre majeur sur les expéditions du XVe siècle de Zheng He, « l'amiral des mers de l'Ouest ». Puis d'autres livres sur l'histoire de la marine chinoise, qui ont été traduits en de nombreuses langues. Tu les liras peut-être un jour.

En 1951, deux ans après la victoire du Parti communiste, mon père, contre l'avis de son père et de toute la bourgeoisie de Hong Kong, a fait le choix de revenir dans sa ville natale, Shanghai, pour participer à la construction de la Chine nouvelle. Il n'était pas communiste, mais il pensait que, comme après la révolution anglaise, le régime de Mao Tsé-toung évoluerait vite vers une démocratie tolérante ; et il voulait en être. Il a d'abord été très bien accueilli : les communistes avaient besoin de faire revenir les talents et il servait d'exemple. Il a tout de suite été nommé professeur à l'Université populaire de Shanghai. Il a même pu récupérer la maison de la famille, qui était encore intacte. Et il y a vécu, d'abord seul. Sans être ennuyé : les communistes avaient autre chose à faire que de s'occuper d'un professeur qui enseignait la grandeur de la Chine au XVe siècle.

En 1958, alors qu'il était devenu président de cette université, il rencontra ma mère. Elle se nommait Lian, ce qui signifie « orchidée ». Elle avait vingt ans, était très belle et étudiait la médecine. Elle était née à Nankin, la même ville d'origine que celle de la famille de mon père. Elle venait d'une famille de musiciens, les Tsia-Tsiu : avant la guerre, ses deux parents faisaient partie de l'Orchestre national de Shanghai. Son père, Liu, était trompettiste, sa mère, Tsie, jouait du violoncelle. Pendant la guerre, l'Orchestre national a été dissous et les parents de ma mère ont dû, pour survivre, jouer du jazz à l'hôtel de l'Amitié, avec des musiciens juifs arrivés d'Autriche : le consul général de Chine à Vienne leur avait fourni des visas. Je n'ai pas connu Liu, le père de ma mère. Elle disait qu'il était mort d'épuisement vers 1950, et elle pleurait chaque fois qu'elle parlait de lui. Je pense qu'ils avaient dû se réfugier à Nankin où elle était née et que son père y est mort de faim, lors de la grande famine qui suivit la guerre ; ma mère est ensuite revenue à Shanghai, avec sa mère, ma grand-mère, Tsie, et elle a commencé des études de médecine. C'est là qu'elle a rencontré mon père.

Mes parents se sont mariés en 1960. Je suis née à Shanghai en 1961. Ils m'ont nommée Li Mei, c'est-à-dire « belle fleur de Prune » parce que mes cheveux étaient très noirs. Mon père avait quarante et un ans. Ma mère en avait vingt-trois ; elle terminait ses études de médecine et commençait à travailler à l'hôpital de l'université. Ma grand-mère a vécu avec nous jusqu'à sa mort en 1964. Mon père continuait ses recherches sur la Chine du XVe siècle. Ils vivaient dans la belle maison paternelle de la colonie française. Mes parents allaient chaque année à Hong Kong, et en revenaient par le train, en passant par Canton. Ils obtenaient sans mal des visas et ne semblaient pas s'inquiéter de l'évolution du Parti communiste chinois, qui était pourtant de plus en plus agressif ; hostile à la médecine occidentale, à la musique occidentale, et à la façon occidentale d'enseigner l'histoire, qui, selon les dirigeants du parti, « ne mettait pas assez en avant les mouvements des masses ».

En 1966, quand a commencé la Révolution culturelle, mon grand-père paternel a supplié mon père de revenir s'installer à Hong Kong, mais il n'a pas voulu. Il pensait que personne n'oserait s'en prendre à lui, en raison de son prestige international, de l'admiration de ses étudiants et de son statut universitaire, que les communistes avaient toujours respecté jusque-là. Pourtant, dès l'année suivante, il n'eut plus le droit d'enseigner ; deux ans plus tard, des gardes rouges nous ont forcés à partager notre maison avec six familles de paysans. J'avais sept ans. L'année d'après, on nous a chassés de la maison et mon père a dû défiler dans les rues avec un bonnet d'âne sur la tête, en s'excusant d'avoir enseigné un savoir réactionnaire. Un de ses plus mauvais étudiants, qui menait l'attaque contre lui, avait pris la présidence de l'université, où on n'enseignait plus que « la pensée Mao Tsé-toung ». Mon père fut relégué au ramassage des ordures dans les jardins de l'université. Ma mère avait encore le droit d'exercer la médecine, mais, dans son hôpital, on n'avait plus le droit d'utiliser d'autres médicaments que ceux de la médecine chinoise. On opérait sans anesthésie, en s'en remettant à la force que devait donner aux malades « la pensée Mao Tsé-toung ». Personne n'y croyait mais tout le monde faisait semblant. Parfois, un médecin disparaissait du jour au lendemain et on ne le revoyait plus jamais. Ma mère tenait ; elle faisait tout pour nous rapporter de quoi manger. Le soir, dans le petit appartement où nous nous entassions, mes parents s'ingéniaient à me faire rire. Quand ils croyaient que je dormais, ils pleuraient, dans les bras l'un de l'autre. Moi j'allais à l'école, où on nous apprenait à lire dans le *Petit Livre rouge*.

En 1970, mon père a été envoyé dans un de ces lieux maudits qu'ils appelaient les « écoles du 7-Mai » ; en fait un camp de concentration. Nous avons reçu quelques lettres de lui. Évidemment censurées. Il y disait que tout allait bien et qu'il apprenait à corriger ses erreurs. Puis plus de nouvelles. Ma mère s'est alors décidée à tenter de rejoindre la famille de mon père, à Hong Kong mais on n'a pas trouvé de moyen de passer la frontière. Nous avons quitté Shanghai pour sa ville natale, Nankin, où la réputation de mon père ne nous suivait pas. Pour survivre, elle est devenue infirmière dans un hôpital du Parti.

Moi, j'ai pu continuer d'aller à l'école. On nous enseignait encore la pensée du président Mao ; le *Petit Livre rouge* nous suivait partout. J'ai eu le droit, un peu par hasard, d'étudier un instrument qui m'intriguait, que j'avais entendu chez mes parents, la harpe chinoise, le *konghou*.

Laisse-moi te parler un peu de cet instrument, puisqu'il a été au cœur de ma vie et que tu m'as entendue si souvent en jouer, malgré ton jeune âge. Il n'est pas si différent de la harpe occidentale, sinon que les cordes sont repliées en deux, ce qui permet de faire des vibratos et des traits très spectaculaires. Le répertoire est immense, depuis la musique du royaume Chu, celle de la dynastie Han, la musique de banquet de la dynastie Sui, celle des cérémonies rituelles des Tang, et des milliers de chansons populaires.

J'ai adoré l'apprendre. J'ai vite très bien joué. J'étais applaudie. J'ai compris que je voulais en faire ma vie. Ma mère a été heureuse que je reprenne le métier de ses parents : musicienne. Très rapidement, on m'a fait jouer dans les cérémonies du Parti, en cachant les origines « bourgeoises » de ma famille. Cela protégeait un peu ma mère et j'espérais que cela nous rendrait mon père.

En 1975, la Bande des Quatre, dirigée par l'épouse de Mao, Jiang Qing, sévissait ; ce fut pire que tout. Ma mère a été chassée de son emploi à l'hôpital ; elle semblait beaucoup souffrir sans m'en parler. Et moi, je n'avais plus le droit de jouer en public. C'est sûrement à ce moment que mon père est mort, comme des centaines de milliers d'autres intellectuels chinois. J'avais quatorze ans.

L'année suivante, juste après la mort de Mao, les quatre ont été arrêtés et la Révolution culturelle a pris fin. Nous avons réussi à fuir à Hong Kong, en passant par la mer. J'ai compris, en voyant les passeurs, que ma mère avait préparé ce voyage depuis des années. Pendant la traversée, elle était de plus en plus faible. Son sourire ne masquait plus ses douleurs.

On a été accueillis par les frères de mon père, aimablement, mais sans plus. Ils étaient devenus très riches. Mon grand-père était mort. Ma mère allait de plus en plus mal ; les médecins m'ont dit qu'ils allaient tout tenter mais que c'était presque sans espoir ; elle a été opérée d'une valve aortique, puis du canal lombaire ; l'opération semblait avoir réussi, mais des bactéries ont provoqué une infection massive. Je ne la quittais pas ; je lui parlais sans cesse. Je lui posais des questions sur sa famille, dont elle m'avait trop peu parlé. Elle répondait par des sourires et des clignements d'yeux. Et puis, elle est morte. Je n'ai jamais oublié son dernier regard.

J'avais quinze ans. J'étais seule. Le frère aîné de mon père m'a alors placée dans une sorte de pension pour jeunes travailleuses, connue sous le nom de Helena May, sur Garden Road. Très austère : salle de bains commune, horaires stricts. Il m'y a oubliée. Il m'a aussi inscrite dans un collège voisin, où la discipline était très dure et l'anglais incompréhensible, pour moi qui avais vécu surtout en parlant le mandarin.

Deux ans plus tard, je n'ai plus tenu. J'ai cessé d'aller au collège. Mon oncle est venu me voir à la pension et m'a annoncé que si je ne suivais plus les cours, je devrais quitter la pension. Je n'ai pas cédé.

J'ai fait tous les métiers. Tous les métiers... Sans renoncer à la harpe. Quand je pouvais, je jouais dans les bars ; les hommes ne s'intéressaient pas seulement à mes mélodies. C'est comme ça que j'ai vraiment appris l'anglais...

Un soir de juin 1980, j'avais dix-neuf ans (il paraît que j'étais très belle), j'ai été invitée à jouer dans une soirée privée chez un grand banquier anglais dans une belle maison de Causeway Bay ; j'y ai rencontré Hui Chan ; il avait quarante ans, il était très raffiné. Grand, des yeux noirs. Une fine moustache. Il venait d'une très grande famille de la colonie. Il avait été élevé en Grande-Bretagne, à Eton. Il était l'un des principaux dirigeants de l'administration de la ville. Il m'a tout de suite proposé de me protéger, de m'aider. J'ai accepté. Il était très attentionné et respectueux. Moi, je suis tombée très amoureuse de lui. Follement. Je l'ai presque forcé à faire l'amour avec moi. Tout fut merveilleux...

En lisant cette lettre, ton père ne s'y attardera pas aujourd'hui ; je souhaiterais que ce soit des choses que tu puisses lire plus tard. Notre relation physique était très intense. J'étais tour à tour son esclave et sa maîtresse. C'était d'un très grand raffinement. Même si ce ne sont pas des détails qu'une mère doit confier à sa fille, je te souhaite de vivre cela un jour, aussi intensément.

J'avais décidé qu'il serait l'homme de ma vie. Et je faisais tout pour le garder. Même si je voyais bien qu'il était redouté, admiré, entouré, courtisé. Nous nous sommes installés ensemble. J'ai continué à jouer de la harpe, juste pour mon plaisir. Et le sien. J'ai aussi appris la harpe occidentale. C'est très facile après la harpe chinoise. J'aurais voulu devenir concertiste. Mais Hui Chan était d'une extrême jalousie et me gardait enfermée. Je l'aimais. Cela ne me gênait pas. Je me sentais flattée par sa jalousie. J'aimais qu'il soit mon maître.

Trois ans plus tard, le 5 avril 1983, une heure après que Hui Chan fut parti, comme tous les matins, pour son bureau, au palais du gouvernement, sa secrétaire est venue, affolée, m'avertir que je devais quitter immédiatement son appartement ; sans rien prendre ni chercher à le joindre. Le jour même, il a été arrêté pour corruption. Il est mort très vite, en prison.

J'ai été interrogée ; sévèrement ; puis relâchée. J'ai pu survivre en revendant les bijoux qu'il m'avait offerts. J'avais vingt-deux ans. J'étais dévastée.

J'ai recommencé à jouer de la harpe pour gagner de l'argent. Et puis encore quelques soirées particulières… Les hommes me faisaient horreur et je réussissais à peu près à les tenir à distance.

Cet été-là, j'ai été repérée par le *Konzertmeister* de l'orchestre symphonique de la ville qui avait besoin d'une harpiste pour jouer un concerto de Mozart avec un pianiste américain de passage. Cela s'est bien passé. La partition était facile. Il m'a rappelée souvent ensuite. J'étais à peu près sauvée.

À l'automne de cette année 1983, celui qui allait devenir ton grand-père, Paul Chardin, est venu à Hong Kong avec un orchestre, le Philharmonique de la Radio française. Ils étaient en tournée dans toute l'Asie. Paul Chardin était alors mondialement célèbre ; j'avais, comme tous les musiciens professionnels, entendu parler de lui. Le *Konzertmeister* m'a demandé de jouer avec eux le concerto en *sol* de Ravel car leur harpiste était tombée malade en arrivant. Ton grand-père m'a fait passer une audition. J'étais très impressionnée de jouer devant ce très grand chef. J'ai vu arriver un vieux monsieur, minuscule et voûté : il n'avait que soixante-dix ans mais il en paraissait beaucoup plus. Je me demandais comment il pouvait encore diriger un orchestre. Il s'est assis devant moi, sans un mot, et m'a fait signe de commencer. Il a fait la moue pendant tout le morceau. Il ne me regardait pas, et semblait ne pas m'écouter. Il donnait le sentiment qu'il pensait que je n'avais pas le niveau. Et il est parti sans rien dire. C'est le régisseur qui m'a informée que j'étais engagée pour les deux concerts de Hong Kong.

Pendant les répétitions, le chef resta assis sur un tabouret très haut. Il ne parlait qu'en français à ses musiciens ; même à moi ; sans se demander si je comprenais. Il hurlait. Un des bassonistes, assis juste devant moi, m'a souri et a traduit en anglais les directives du chef. J'ai vu qu'il y avait la photo d'une femme dans l'étui de son instrument : je pensais à un amour ; j'ai appris bien plus tard que c'était une photo de sa mère, Rachel, que son père avait fait enfermer, et qui était morte vingt ans plus tôt, dans un hôpital psychiatrique, sans qu'il l'ait jamais revue.

À la pause, je l'ai remercié. Il m'a dit qu'il se nommait Benjamin Chardin, et que son père (le chef était son père !) refusait de parler l'anglais, parce que c'était, pour lui, « la langue des occupants » ! Nous avons ri. J'avais vingt-deux ans. Il en avait dix de plus. J'étais très seule. Nous nous sommes vus tous les soirs après les répétitions. J'ai été séduite par sa douceur. Nous avons beaucoup bu. J'ai même fini par le trouver beau. Il m'a proposé de le rejoindre à son hôtel. J'ai accepté. Nous avons fait l'amour. Plusieurs fois. J'ai compris qui il était vraiment...

Après le deuxième concert, et juste avant leur départ pour Tokyo, nous nous sommes promis de nous revoir. Il devait repasser par Hong Kong avant de revenir en France.

Mais il n'est pas repassé. Il m'a écrit. Puis téléphoné. Quand j'ai compris que j'étais enceinte, je n'ai pas voulu avorter. Je l'ai appelé, je l'ai prévenu de mon état mais je ne lui ai rien demandé. Il m'a demandé, lui, de venir à Paris. Une heure après, j'ai reçu un appel d'une agence de voyages de Hong Kong m'annonçant qu'un billet d'avion pour Paris était à ma disposition.

Pourquoi voulait-il que je vienne ? Pour me convaincre d'avorter ? Pas question. Cet enfant, je l'aurais sans lui. Je n'avais rien d'autre dans ma vie. J'ai décidé de l'affronter. Il fallait qu'il sache que ma décision était prise, et que je n'avais pas besoin de lui pour élever cet enfant, toi. J'ai pris l'avion. Il m'attendait à l'aéroport et m'a tout de suite proposé de l'épouser. Cela m'a bouleversée, je m'y attendais si peu. J'ai accepté.

Quand il l'a appris, son père hurla que « j'étais une intrigante, que j'avais piégé son fils, après avoir séduit tous les chefs de pupitres de l'orchestre, pour pouvoir quitter la Chine, que n'importe qui pouvait être le père de cet enfant ». C'était évidemment faux. Je n'avais approché aucun autre musicien de l'orchestre. Ni d'aucun homme depuis la mort de Hui Chan.

Ton grand-père n'est pas venu à notre mariage.

Tu es née à Paris, en juin 1984. J'étais si heureuse que tu sois une fille. Je l'ai laissé choisir ton prénom ; il a dit : « Elle s'appellera Sophie-Julia… » Deux personnes de sa famille, si j'ai bien compris. Je n'ai pas insisté pour en savoir plus. J'ai demandé qu'on ajoute le prénom de ma mère : Lian.

Ton grand-père, lui, était extrêmement fâché de ce choix. Il a tout fait pour changer ces prénoms. En vain, et cela fut une source supplémentaire de brouille avec son fils, qu'il a renvoyé de son orchestre. Et il n'a pas voulu te rencontrer.

Nous avons décidé de revenir à Hong Kong, où j'ai vite trouvé un emploi dans l'orchestre, et où ton père a pu aussi trouver un poste. Ton grand-père m'accusa de lui avoir volé son fils.

Nous avons été heureux ensemble ici, tous les trois. Huit ans. Malgré mes douleurs grandissantes, que je négligeais. Je ne voulais pas m'inquiéter. Je n'ai pas voulu vous inquiéter.

Et puis, il y a un mois, ton grand-père a appelé : il a demandé à te voir. Il se disait mourant. Ton père, très heureux de ces retrouvailles, est parti avec toi à Paris. Et tout est allé très vite… Mes douleurs sont devenues insurmontables. J'ai dû être hospitalisée. Et tout à l'heure, je serai opérée en urgence.

J'aurais voulu te faire connaître la Chine. Ma Chine, pas celle des usines, des grands immeubles et des éclairages éblouissants ; celle des jonques et des villages. Celle des paysans. Tu la découvriras un jour.

N'oublie pas que tu es aussi chinoise. Sois fière de l'être. Continue de parler, aussi souvent que tu le pourras, le mandarin. Cherche à comprendre notre histoire, nos valeurs, notre littérature, nos techniques, nos arts. Lis les livres de mon père, que j'ai gardés précieusement. Trouve un métier qui te rapproche de la Chine ou, au moins, qui ne te fasse pas oublier qui tu es. Qui je suis. Par toi, nos deux mondes se sont rencontrés. Tu portes le meilleur de cette rencontre. Porte-la plus loin.

Les infirmières viennent me chercher. Je ne peux te cacher mon angoisse. Que c'est terrible de ne pas trouver quels derniers mots dire à sa fille ! C'est sans doute parce que aucun mot ne saurait dire l'immensité de mon amour et de mon chagrin. Et s'il y a des mots, tu les connais.

Ne pleure pas, mon amour. J'ai plus de peine à te faire du chagrin qu'à mourir.

Je t'aime
我爱你
Li Mei Xin

7
Lettre de Paul Chardin à son fils Benjamin Chardin

Hôtel Beau-Rivage, suite royale,
Lausanne, avril 1993

Mon pauvre Benjamin,

Tu vas être si triste. Ma vie, ma grande vie, ma belle et longue vie, s'achève. Je meurs beaucoup trop jeune, je n'ai que quatre-vingts ans. Sereinement, face au merveilleux paysage du lac et des montagnes, entouré des meilleurs serviteurs de ce palace et de l'admiration générale. Je meurs seul. C'est mon choix.

À toi de protéger ma mémoire. À toi de raconter mon histoire, comme elle doit l'être. À toi de répondre aux médisances qui vont proliférer, bien plus encore que de mon vivant. Au fond, ton rôle principal sur cette terre, ta raison d'être, aura été, malgré nos années de brouille, d'assurer la pérennité de ma gloire. C'est une grande mission.

D'autres s'en chargeront aussi, j'y ai veillé : plusieurs biographies de moi sont en préparation. J'ai vu longuement leurs auteurs… ils feront ce qu'il faut pour allumer des contre-feux contre toutes les calomnies. Ils sont très dévoués. De nos jours, ce genre de scribouillards sont aisément manipulables, avec beaucoup de flatteries ou un peu d'argent. Ou les deux.

Ton rôle, à toi, sera de dire la vérité des sentiments et de l'intime. Ma vérité, comme il se doit. En dissimulant aux autres certaines des confidences que je veux te faire ici ; et que je ne te confie que pour te préparer à répondre aux horreurs qu'on pourrait déverser sur moi.

Ma mémoire infaillible, auditive et visuelle, m'a toujours permis de trouver la vérité d'une œuvre dans une partition, et de la transfigurer par mon interprétation. C'est grâce à elle aussi que je sais débusquer la vérité des êtres. Par exemple, il me suffit de regarder une flûtiste ou un contrebassiste s'installer, déballer son instrument ou l'accorder pour tout savoir de sa psychologie, de ses manies, de ses petitesses, de ses rancœurs, de ses déboires sentimentaux, de ses conflits avec ses collègues, et de la façon dont je dois lui parler pour qu'il se dépasse. J'ai toujours su pénétrer l'âme des autres, depuis mon enfance. C'est un don. Une malédiction aussi : a-t-on vraiment besoin de savoir tout des malheurs des gens ?

Tu n'as pas connu mes parents. Ils t'auraient plu. Ton grand-père, Jean Chardin, était un homme puissant, qui a très bien préparé ma venue. Médecin célèbre à Lyon, homme politique influent, il adorait la nourriture, les tableaux et les femmes. Il aimait ma mère depuis leur enfance, même s'il s'était un temps entiché d'une intrigante, la mère de mon demi-frère, le malheureux François, mort de ses folies juste avant la fin de la guerre, malgré tous mes efforts pour le sauver. Sa mère, Simone Bouasse, a heureusement vite disparu, dans un suicide bienvenu. Veuf, mon père a enfin pu épouser ma mère, Louise de Forclore, issue d'une grande et belle famille de la noblesse bourguignonne. Je suis né trois ans après leur mariage, en 1913. L'année du *Sacre*, celui de Stravinsky. C'était un signe. L'enfant tant attendu. Et si prometteur.

Rien à dire du père de ma mère ; sinon qu'il était très riche, jouisseur et paresseux. Et qu'il a légué à sa fille une somme si considérable que, même sans la fortune de mon père, j'aurais pu vivre sans travailler. Ce qui n'était pas mon genre.

Ma mère m'a mis un violon entre les mains quand j'avais cinq ans. Tout de suite, cela m'a plu et semblé très simple. Mes mains, mon corps, ma posture étaient parfaitement adaptés à cet instrument. Mes professeurs ont vite remarqué mes dons exceptionnels. Le toucher. Le phrasé. Ils ont compris immédiatement mon génie... Mon père, qui aurait préféré que je devienne médecin, comme lui, a accepté de me laisser vivre ma passion.

En 1927, parmi les étudiantes qui m'adulaient, au conservatoire de Lyon, il y avait une jeune violoniste ravissante (à l'exception de son nez, si tu vois ce que je veux dire). Elle avait trois ou quatre ans de plus que moi. Elle a tout fait pour me séduire, mais, en ce temps-là, je ne pensais qu'à la musique. Elle s'est consolée en épousant mon demi-frère, en 1929. Il avait vingt-trois ans. Elle en avait dix-neuf. Il était devenu communiste ! Tu te rends compte ? Communiste ! Marié à une Juive ! Avec tout l'argent que sa mère et mon père lui ont laissé ! Il en a été bien puni. Et elle aussi…

L'année suivante, j'ai été reçu au conservatoire de Paris ; il s'appelait encore le « Conservatoire national de musique et de déclamation » ! Ma mère a tenu à m'accompagner. J'ai d'abord eu comme professeurs Martin-Pierre Marsick et Georges Enesco. Puis Jacques Thibaud, qui avait eu, comme Pierre Monteux, son premier prix de violon en 1896, à seize ans. De grands maîtres. Et bientôt des rivaux. Car tout de suite se sont enchaînés les prix, les concerts, les tournées. J'aimais déjà les compliments et les applaudissements, les regards et les acclamations des spectateurs à la fin des concerts.

Mon père, à sa mort, m'a légué, par une lettre dont j'ai l'original toute sa collection de tableaux (des Ruysdael, des Chardin, un Caillebotte, des Corot). Il y avait aussi dans ce legs sept autoportraits de Rembrandt dont je te parlerai ensuite, parce qu'ils ont été d'abord légués à mon pauvre frère, et me sont revenus un peu plus tard.

C'est d'ailleurs à cette occasion que j'ai choisi ma devise : « *Ad Augusta, per Angusta.* » En bon français : « Peu importent les moyens, ce qui compte, c'est l'objectif. »

En 1933, Pierre Monteux, qui dirigeait alors l'Orchestre symphonique de Paris, a cru me faire plaisir en invitant la femme de mon demi-frère à jouer avec moi le concerto pour deux violons de Bach. C'est un concerto facile, et elle pouvait faire illusion, en dépit de la médiocrité de son jeu. J'ai cédé, pour ne pas faire de scandale et parce que mon frère et elle venaient d'avoir un premier enfant, Yves. Pourtant, une fois de plus, pendant les répétitions, elle a intrigué pour me séduire. Pendant le concert, elle a massacré le deuxième mouvement, comme je l'avais prévu. Après la fin des rappels, elle est venue dans ma loge, enjôleuse, et m'a sauté dessus. Je l'ai repoussée. Elle me dégoûtait ! Elle est partie en claquant la porte. Elle est retournée vers François, folle de rage et de dépit.

La grande rencontre de ma vie est venue deux ans plus tard, en 1935 : Alfred Cortot. Il avait été l'élève préféré de l'élève préféré de Chopin. Tu te rends compte ? Personne ne le surpassait dans le répertoire romantique. Ni dans la technique, ni dans le toucher, ni dans l'intelligence des partitions. Même les Allemands le considéraient comme le plus grand pianiste de son temps. Ses disques se vendaient par dizaines de milliers. Il était alors séparé, depuis quatre ans, de sa première femme, la Juive Clotilde Bréal.

Cela devait arriver : les génies s'attirent comme des aimants. Il était donc prévisible que le plus grand pianiste du monde, c'est-à-dire lui, repère celui qui allait devenir le plus grand violoniste du monde, c'est-à-dire moi. Bien sûr, il y avait d'autres grands violonistes, à l'époque : comme Enesco, et surtout Thibaud, qui était alors à la fois mon idole et mon rival. Sans parler des Oïstrakh, Menuhin et Heifetz dont la façon juive de jouer, leurs ralentis absurdes, leurs accelerandos injustifiés, dévoilaient leur pathos congénital.

Revenons à 1935.

Je finissais ma formation au conservatoire de Paris. Violon, harmonie, direction d'orchestre. J'étais déjà connu des mélomanes en Europe. Cortot avait cinquante-huit ans… Après un de ses concerts, je suis allé le voir dans sa loge, où il traînait dans une improbable robe de chambre violette et, sans qu'il me le demande, j'ai sorti mon violon et lui ai joué la mélodie de Thaïs. Il a pleuré ! Cette année-là, il venait de rompre avec le violoncelliste Pablo Casals, qui s'était mis en tête de faire de la politique, et qui reprochait à Cortot de jouer en Allemagne et de ne pas s'engager pour les républicains dans la guerre d'Espagne. Casals était en fait un communiste !

Cortot m'a proposé de jouer et d'enregistrer avec lui des sonates de Beethoven. Les autres musiciens étaient stupéfaits : comment le grand Cortot pouvait-il s'afficher avec un si jeune violoniste ? Il jouait déjà avec Thibaud et Enesco, alors pourquoi aussi avec ce gamin ? On a commencé à jouer ensemble. Partout, et en particulier en Allemagne, qui, grâce au nouveau régime, se relevait des désastres de la guerre. L'économie repartait et toutes les villes allemandes rouvraient leurs théâtres et organisaient des concerts. Certes, c'était un régime différent du nôtre. Et alors ? La belle affaire ! D'ailleurs, imagine-t-on un orchestre dirigé de façon démocratique ? Ce serait le chaos ! Tant de chefs demandent leur avis aux musiciens, ou essaient de s'en faire aimer... C'est une illusion. On voit bien les résultats. Il faut un chef en tout. En musique comme en politique. Regarde Toscanini ou Mussolini. Par ailleurs, nous sommes des musiciens : on n'a pas à s'occuper de la politique, on joue où on nous invite, où on nous paie, où on nous applaudit.

Malgré la différence d'âge, Cortot et moi sommes vite devenus très proches. Il a, d'une certaine façon, remplacé mon père, mort cinq ans avant. En bien mieux.

Mon demi-frère et sa Juive ont eu un deuxième enfant. Il n'a pas vécu très vieux, celui-là. Moi, j'ai continué à travailler avec Cortot. Le 3 septembre 1939, le jour de la déclaration de guerre de la France à l'Allemagne, il est devenu délégué général aux Arts et aux Loisirs aux Armées. Moi, j'étais parti pour une tournée en Amérique latine, dont je ne suis rentré que l'année suivante, en apprenant la mort de ma mère. Beaucoup me poussaient à rester à Rio, comme l'ont fait Jouvet et bien d'autres. J'aurais pu passer là un moment aimable, et même toute la guerre. Les gens m'adulaient, surtout les jeunes hommes. Je recevais des invitations de toutes les villes d'Amérique du Sud et des États-Unis. Mais il n'en était pas question : d'abord, je déteste les Américains. Ensuite, Cortot venait de me faire une offre impossible à refuser : devenir son adjoint dans son nouveau poste de directeur de la musique, sans pour autant renoncer à jouer en concert. J'ai accepté. On a pu faire de très belles choses, pour aider la musique française et les meilleurs musiciens français. Et pour éliminer les mauvais, et ceux qui n'y avaient pas leur place : les Juifs et les communistes. Les autres, on a même réussi à leur éviter le STO en créant l'Orchestre des Cadets du Conservatoire.

Oui. Ne lève pas les yeux au ciel, ce n'est pas nouveau pour toi : j'ai détesté, et je déteste encore, les communistes et les Juifs ! Et alors ? Les Juifs ont tué Notre-Seigneur ; et Hitler n'a pas fait plus de morts que Staline ! J'ai le droit de dire que je pense comme Céline, Karajan et Heidegger. Non ? Et puis, quel mal y avait-il à jouer en Allemagne ? Furtwängler et Strauss ont continué eux aussi à y triompher, quel que soit le régime. Et nous n'avons pas été les seuls, Cortot et moi, à faire le ménage dans la musique en France ; d'autres l'ont fait également, avec beaucoup plus de zèle que nous. Par exemple, le directeur du conservatoire de Paris s'est débarrassé de tous ses élèves juifs en les dénonçant aux Allemands, avant même la promulgation du statut des Juifs !

Ma devise, *ad Augusta, per Angusta*, était plus que jamais valable…

François, lui, s'est laissé embarquer avec les terroristes. Quelle folie ! Que de crimes il a commis ! Il était pourtant médecin ! En 1943, sa femme a été arrêtée avec leurs deux enfants, et ils ont été emmenés à Drancy. François n'était pas là pour les aider. Et moi, je n'ai rien su ni rien pu faire. Cette période n'était pas telle qu'on la raconte. Les gens qui ne l'ont pas vécue n'y comprennent rien.

Puis, cela a mal tourné. Les Allemands ont accumulé les erreurs. En juillet 1944, alors que mon ami Richard Strauss finissait, à Munich, de composer ses *Métamorphoses*, la plus belle partition jamais écrite pour des cordes, j'ai quitté Vichy et abandonné Cortot, qui s'entêtait ; mi-août, j'ai rejoint ouvertement la Résistance à Lyon, que je soutenais depuis longtemps en secret. Quand François a été arrêté, je ne l'ai pas su. J'étais avec l'armée américaine quand elle est entrée dans la ville, le 2 septembre 1944 ; et j'étais avec Alban Vistel au moment où il a hissé le drapeau français à la préfecture. Je n'ai appris la mort de mon frère que quelques jours plus tard.

Cortot, qui était resté à Vichy, a été arrêté. Moi, je suis revenu à Paris : je n'avais rien à craindre, je n'étais qu'un tout petit rouage et j'étais en fait résistant. Je cherchais à aider des rescapés des camps et je voulais savoir si la femme et les enfants de François avaient survécu après Drancy. C'est alors que j'ai rencontré ta mère à l'hôtel Lutetia, où la pauvre attendait en vain le retour de ses parents. Coup de foudre. Enfin, disons plutôt qu'elle était folle de moi. On s'est tout de suite mariés. Je peux te le dire : elle ne m'a jamais apporté aucun plaisir. Son amour était trop envahissant.

J'ai été inquiété deux mois plus tard, sur des dénonciations calomnieuses. Je suis passé devant le Comité national d'épuration des professions d'artistes dramatiques, lyriques et de musiciens exécutants, puis devant le Conseil d'enquête de l'administration des Beaux-Arts. Je m'y attendais. J'avais préparé des témoignages de résistants que j'avais aidés. J'ai expliqué que j'étais en partie juif, par les Pinteaux ; que je venais d'épouser une Juive ; et que j'étais moi aussi un grand résistant. J'ai fourni toutes les preuves démontrant que j'avais donné ma vie au service de la France ; mais quand on m'avait demandé de m'occuper des intérêts de mes camarades, je ne pouvais pas refuser de rendre service à la cause de la Musique, ni de protéger au mieux les intérêts de la musique française. J'ai expliqué que je ne me suis jamais occupé de politique. D'ailleurs, il y avait à Vichy beaucoup de résistants qui, comme moi, n'avaient accepté la francisque que pour se couvrir. J'ai raconté que j'étais en lien avec mon frère et son réseau de Résistance, ce qui n'était pas tout à fait exact, mais pas non plus totalement faux. Et, pour sa femme et ses enfants, j'ai expliqué aux juges que je n'avais rien pu faire, l'ayant su trop tard. Et que François aurait pu me prévenir, mais qu'il était trop occupé à organiser ses attentats. S'il était venu me voir assez tôt, j'aurais peut-être pu les aider, en prenant tous les risques, comme je l'ai fait pour beaucoup d'autres. Même si j'étais déjà très mal vu par les collabos qui se méfiaient de moi.

J'ai ajouté que, en août 1944, pendant que moi, je résistais à Lyon, Édouard Herriot, lui, déjeunait avec Laval et Otto Abetz à Paris, ce qui était la moindre des choses. Et il s'en est tiré, lui, alors pourquoi pas moi ?

J'ai été acquitté en septembre 1946. Et on m'a même décoré de la Légion d'honneur. Et j'ai pu retourner jouer en Angleterre, en Allemagne et en Union soviétique.

Je suis allé voir Me Bouasse, Gabriel, le cousin de François, je lui ai rappelé la lettre de mon père écrite à la veille de sa mort : François, sa femme Julia et leurs deux enfants, Yves et Pierre, n'étant pas revenus, les Rembrandt qu'il lui avait légués me revenaient. Ce pauvre Me Bouasse l'a admis. Il m'a appris que les tableaux se trouvaient encore, comme depuis quinze ans, dans les coffres du Crédit lyonnais, à Lyon, dont il m'a donné les codes, en réitérant l'interdiction de commencer à les vendre avant quatre ans, puis avec le droit de les céder à raison d'un tous les dix ans.

J'aurais donc pu en vendre quatre jusqu'à aujourd'hui. Je n'en ai vendu aucun : je gagnais très bien ma vie grâce aux concerts et aux disques. Le reste de l'héritage de ma mère et la dispersion progressive des autres tableaux de la collection de mon père suffisaient à financer largement mes besoins : le yacht, les palaces dans toutes les villes de concert. Les Rembrandt, eux, sont encore tous là, dans un coffre, tous les sept ; je te dirai un peu plus loin ce qu'il convient d'en faire. Protège-les bien des appétits de tous. Certains fourbes pourraient prétendre que je ne suis pas le véritable bénéficiaire de ce legs fabuleux. D'autres encore pourraient soutenir qu'il faut continuer à chercher les propriétaires antérieurs à mon père, pour les leur rendre. Ils mentiraient, évidemment.

J'ai repris mes concerts à Tours, à Deauville, Biarritz, Lyon, Reims, Saint-Étienne, Grenoble, en Suisse, en Angleterre et en Italie. Des succès éclatants. Mon concert de retour à Paris en janvier 1947 a été un triomphe : sept rappels et deux bis. Cela était la meilleure réponse à ceux qui disaient que les musiciens d'orchestre ne m'aimaient pas. J'ai toujours dû subir leur jalousie. C'est normal : habillés d'un uniforme noir qui les rend indiscernables, ces médiocres, ces ratés, constatent chaque soir que le public n'a d'yeux que pour le chef et le soliste.

Ma carrière a continué.Je suis revenu jouer à Lyon, devant Herriot, qui était redevenu le maire et qui m'a longuement parlé de mon père. Parfois avec Cortot, qui, lui aussi, avait été finalement blanchi. J'ai repris mes programmes favoris, en particulier Bruckner, Mahler et Beethoven, dont je dirige les concertos depuis mon violon. Je me suis alors installé à Lausanne, avec ta mère, à côté de Cortot, tout en gardant l'appartement de l'avenue Henri-Martin. J'ai déplacé les Rembrandt de

Lyon à Lausanne, avec l'accord de Me Bouasse, dans un coffre de la Banque cantonale. Elles sont très pratiques, ces banques suisses. On y trouve encore tellement d'œuvres que des Juifs avaient mises à l'abri avant de disparaître...

J'ai multiplié les concerts en France et à l'étranger, dont une grande tournée au Japon. Pour le centième anniversaire de la mort de Chopin, le 17 octobre 1949, en rentrant des obsèques en Bavière du grand Richard Strauss (dont j'ai été reconnu par tous comme le meilleur interprète), j'ai dirigé Cortot jouant, salle Pleyel, les deux concertos pour piano de Chopin. Un triomphe, malgré quelques grincheux. Le 28 octobre, Ginette Neveu, la seule, avec Jacques Thibaud, qui aurait pu concurrencer ma gloire, disparut dans un accident d'avion... Elle avait trente ans ; six de moins que moi.

Cette année-là, tu es né. Ta naissance, je dois te le dire franchement, n'a pas été l'occasion pour moi d'un plaisir particulier. Je croisais rarement ta mère, qui était devenue insupportable. À Paris et à Lausanne, elle vivait dans une chambre voisine de la mienne. Elle se levait la nuit en hurlant. Elle voyait ses parents partout. Elle criait qu'elle voulait aller les retrouver, ou que tout le monde voulait la tuer. Elle m'accusait de ne l'avoir épousée que pour me protéger. Elle disait que j'étais antisémite, ce dont je ne me cache pas. Elle murmurait qu'elle m'aimait, et que c'était sa malédiction. Sa jalousie a accéléré sa dérive. Je l'ai amenée à l'hôpital pour la faire soigner. Elle a sombré dans la folie… Schizophrénie. Elle parlait de te tuer. Elle a essayé. Un soir, il s'en est fallu de peu qu'elle ne te noie. Les meilleurs spécialistes n'ont rien pu faire. Il n'y avait alors plus d'autres solutions que de la faire enfermer. Pour te protéger d'elle. J'ai trouvé un très bon hôpital, très confortable, à Saint-Servan, aujourd'hui devenu un quartier de Saint-Malo.

Elle t'a écrit. Ses lettres étaient des tissus de mensonges et de délires. Je les ai toutes interceptées, pour que tu n'aies pas d'elle une image trop désastreuse. Elle est morte presque tout de suite après son arrivée à l'hôpital. Elle a voulu être incinérée et que ses cendres soient dispersées en mer, devant Saint-Malo. Tu n'avais pas trois ans. Ne le regrette pas : si elle avait vécu, elle ne t'aurait rien apporté.

On a raconté que j'ai ensuite aimé ouvertement des garçons, que je harcelais des musiciens de mon orchestre, qu'un deuxième alto n'était dans nos tournées que pour me faire jouir à l'entracte. Tout cela n'est que fantasmes de journalistes. Et même si c'est vrai, en quoi cela serait-il gênant ? Je n'ai fait de mal à personne. Et tous ceux qui m'ont aimé ne s'en sont jamais plaints…

Un jour de 1953, j'ai réuni les meilleurs élèves de Cortot autour de lui, ce fut très émouvant. Il y avait là, parmi d'autres, Jacques Thibaud, juste avant qu'il ne meure, lui aussi dans un accident d'avion… Deux grands violonistes français morts dans un accident d'avion, à cinq ans d'intervalle…

J'ai pris cela comme un signe. Et pendant plusieurs années, je n'ai plus voyagé qu'en train et en bateau.

On a même retrouvé Casals en 1958. Alors que, à Paris, l'ignoble de Gaulle revenait au pouvoir.

Pendant ce temps, toi, tu t'étais mis en tête de devenir aussi musicien. J'ai tout de suite vu que tu étais dépourvu de tout talent. Mais j'ai laissé faire. Quelle idiotie ! Avec le père que tu avais… Et qui ne t'avait pas transmis ses dons. Tu as essayé tous les instruments et tu as fini par te rabattre sur le basson, le plus oublié de tous les bois.

Le temps a passé. Cortot est mort en 1962. J'ai continué à jouer et à diriger. Je suis devenu une icône mondiale. Mes disques se vendaient et se vendent encore par millions. J'ai joué à la Maison-Blanche et au Kremlin. On m'a proposé d'être chef invité à Londres, à Moscou et même à Tel-Aviv (ça, j'ai refusé, il ne faut pas exagérer !). Et puis, j'ai recommencé à voyager en avion. Pendant que toi, tu traînais de cachet en cachet, d'orchestres de province en conservatoires de banlieue.

En 1983, comme la vie n'était pas facile pour toi, je t'ai fait inviter par l'Orchestre philharmonique de la Radio pour ma tournée en Asie. C'était une bonne action. Cela a tourné à la catastrophe. L'orchestre a tout de suite compris que tu n'étais pas au niveau. Je jouais au père qui sacrifie sa réputation pour le bonheur de son fils. Excellent pour mon image.

C'est là que tu as rencontré cette harpiste chinoise qui avait rejoint l'orchestre juste pour le concerto en *sol* de Ravel. Elle jouait remarquablement bien de cet instrument diabolique. Elle fit exprès, d'ailleurs, pendant les deux concerts, de jouer légèrement plus vite que le tempo pendant deux mesures et de glisser, au moment d'un changement de tempo, plus de notes que ne l'indiquait la partition. Pour attirer mon attention.

Je reconnais qu'elle était très belle. Fine et plate comme un garçon... Elle fascinait tous les musiciens. C'était évidemment une aventurière. Elle cherchait visiblement à tout prix un époux occidental. Elle a finalement mis le grappin sur toi, après avoir essayé de me séduire et avoir couché avec tous les premiers pupitres ! Elle a prétendu ensuite être enceinte de toi, et toi, tu l'as crue ! Très classique. Tu n'as rien voulu entendre et m'as tenu tête. Tu l'as épousée à Paris. Son enfant est née. Sophie. Le prénom de ma grand-mère ! J'ai refusé de les voir, toutes les deux. Lâche une fois de plus, tu es parti avec elles à Hong Kong, fuyant tes échecs et tombant dans ce piège grossier...

Huit ans plus tard, il y a six mois, tu es revenu à Paris, et j'ai enfin rencontré Sophie. C'est peut-être ta fille, après tout. Presque au même moment, comme par un signe du ciel, sa mère est morte. Et tu vas rentrer en France avec l'enfant. Je ne serai plus là.

Toute ma fortune ira donc à toi et à Sophie. Plus exactement, tu en seras le gestionnaire en attendant sa majorité. Pour les Rembrandt, voici ma décision : j'ai décidé de les donner au Louvre. Les conservateurs, qui en sont prévenus, et qui ont eux aussi authentifié les œuvres, attendent juste ton accord (conformément au testament de mon père, qui m'interdit de vendre ou de donner ces tableaux sans l'accord de mes enfants majeurs). Ils acceptent de créer une salle « Paul Chardin » au premier étage. Avec seulement ces tableaux. Tu te rends compte ? Une salle à mon nom au Louvre ! Avec juste mes sept Rembrandt. Rien d'autre. Pour toujours !

Je te laisse confirmer ce choix. Tu peux en théorie, légalement, selon le testament de mon père, reprendre ces tableaux ; mais tu ne le feras pas : tu obéiras à mes dernières volontés. D'ailleurs, il vaut mieux, fiscalement, pour toi que tu les donnes : cela te permettra d'hériter totalement du reste de mon patrimoine, y compris nos parts dans les vignobles de Condrieu, le yacht, l'avion privé, la villa à Santorin et les revenus des enregistrements ; sans droits de succession ; et puis cela éteindra toutes les polémiques qui pourraient resurgir sur la provenance de ces toiles... Tu trouveras ci-joint les documents nécessaires à la finalisation de cette donation.

Je vais donc mourir jeune. À quatre-vingts ans. Beaucoup plus jeune que mon arrière-grand-père. Après ma mort, sois très ferme. Ne laisse pas diffamer mon nom. Notre nom. Nous avons le droit de le porter haut et fièrement.

Le président de la République, l'horrible François Mitterrand (totalement indifférent à la musique, comme ses prédécesseurs, Georges Pompidou, qui s'était entiché de cette fausse valeur de Boulez, et Valéry Giscard d'Estaing, qui n'est jamais venu à un seul de mes concerts), m'a quand même promis un hommage national aux Invalides. Quand je lui ai demandé, il n'a pas pu me refuser : il était un peu à Vichy avec nous, alors il ne peut pas trop faire le malin. Les plus grands chefs du monde seront là, pour diriger mon orchestre. J'en ai établi moi-même le programme. Le maire de Paris, bien que gaulliste, m'a promis de donner mon nom à une place, près de la Cité de la musique, qu'on va bientôt ouvrir. Tu vérifieras, n'est-ce pas ? J'y tiens. Après tout, je suis une gloire nationale. Ma tombe sera au Père-Lachaise, comme il se doit. Un monument imposant à ma mesure. Là aussi, tout est prévu, depuis longtemps.

Prends soin de moi. Protège ma mémoire. Et quand tu seras, toi aussi, proche de la mort, écris à ta fille, la belle Sophie, en lui demandant de ne jamais laisser personne calomnier son grand-père.

Rien n'est plus important, pour notre si belle famille française, que l'honneur. Prends-en soin.

Ton père
Maestro Paul Chardin

8
Lettre de Laila al-Khalzidi-Chardin à son fils Pierre-Abdul Chardin

Jérusalem, 15 septembre 2015

Cher Pierre, cher fils,

Que c'est beau, Jérusalem, quand les couleurs de l'automne viennent habiller de pourpre et d'opale le dôme d'al-Aqsa et les remparts d'al-Qods...

Yves, ton père, est là, auprès de moi, et il regarde par-dessus mon épaule pendant que je t'écris. Je lui ai fait promettre de ne pas lire cette lettre et de ne te la donner qu'après mes obsèques.

Il aurait voulu que nous consultions encore les meilleurs spécialistes à Boston. Cela ne servirait plus à rien.

On m'a ramenée dans notre si merveilleuse maison de Yemin Moshe. Que j'ai aimé cet endroit, à l'ombre du moulin de Montefiore ! De là, je devine, derrière les remparts, au-delà du quartier arménien, la rue al-Wad où, petite fille, je courais de la porte de Damas jusqu'au marché du Tyropœôn et la porte des Lions. Je ne les reverrai plus. Je n'entendrai plus les cris des marchands. Je ne sentirai plus les odeurs de safran, de jasmin et de oud, qui envahissent encore toutes nos rues. Comme depuis des siècles, et pour des siècles.

Quelle étrange sensation que de savoir que la mort est là, alors que l'esprit est encore intact…

Je n'ai pas envie de partir. Je n'ai que soixante-sept ans. Que fera ton père sans moi ?

Il me dit que tu faisais l'impossible pour revenir au plus vite de Port Moresby… Ce sera trop tard.

J'ai eu une très belle vie. Des parents merveilleux. Un mari extraordinaire. Son sourire m'éclaire toujours et sa main est encore dans la mienne. C'est une bénédiction. Nous avons tout connu de l'amour : de la passion à la tendresse, de la sérénité à l'admiration. Tout, vraiment. Et puis, surtout, nous t'avons eu, toi. Notre bénédiction.

Et pourtant, rien ne devait nous conduire l'un vers l'autre. Nous venons de si loin…

Ton père ne m'a presque rien confié de son passé. Je ne sais absolument rien de son enfance et de sa jeunesse. J'espère qu'il te le racontera, à toi, le moment venu. Cela le libérera et te permettra de témoigner de son histoire. Tu connais sa rage et sa colère. Tu sais qu'il a comme un désir, encore inassouvi, de vengeance, une exaspération à peine maîtrisée. Je lui ai souvent demandé pourquoi cette brûlure était encore là, sans qu'il fasse rien pour la calmer. Sans dénoncer, sans punir, sans agir, s'il le fallait. Il n'a jamais voulu me répondre. Sa colère, contre je ne sais qui, ne se calmera jamais, jamais. Elle s'adoucirait s'il te parlait, mais il m'a dit se l'interdire, sinon au seuil de sa mort. Il a encore le temps en tout cas. Il va bien ; et j'ai tout préparé pour que sa vie soit encore la plus longue et la plus confortable possible. Je compte sur toi pour ne pas le laisser trop seul.

Il me rejoindra ensuite dans le caveau qu'il a voulu pour notre famille, et où il a réussi à me faire admettre sans que j'aie à changer de religion.

Tu ne sais pas non plus grand-chose de moi. C'est ma faute. J'aurais dû tout te raconter plus tôt. J'ai vu tant de mes amis se précipiter au chevet de leurs parents, pour récolter enfin quelques bribes de souvenirs défaillants et contradictoires. Je veux t'éviter cela, en mettant tout par écrit.

J'ai commencé cette lettre il y a quelques mois, quand j'ai compris que ce serait bientôt la fin. J'ai vérifié les sources, afin d'être aussi précise que possible. Plus précise que ma mémoire.

À vrai dire, l'idée vient de ton père : je crois, sans qu'il me l'ait vraiment dit, que c'est une tradition dans sa famille que d'écrire ce genre de lettre avant de mourir.

Je suis née (cela, tu le sais) ici, à Jérusalem, en février 1948, première fille après trois garçons, dans une famille musulmane sunnite, de la tribu des Abou Khalzidi. Une très ancienne famille de Jérusalem, connue depuis le XVIIe siècle pour inclure de grands spécialistes du droit islamique. De génération en génération, les pères de mes pères ont été de grands sages, des arbitres des conflits, jouant même un rôle clé comme conseillers auprès des sultans, à Constantinople. Au XIXe siècle, ils ont fait partie des modernisateurs de l'Empire. Après la déroute de 1918, ils ont applaudi quand Atatürk a entrepris de moderniser ce qui restait de la Turquie, mais ce n'était plus leur monde. Ils sont revenus à Jérusalem, où mon grand-père, Hassan al-Khalzidi, s'est installé comme avocat, sous mandat britannique.

Mon père, Abdul al-Khalzidi, est, lui, devenu médecin et il fut un des premiers élus au conseil municipal de Jérusalem. En 1940, il épousa Jannina Abu Gazalah, ma mère, fille unique d'une famille d'industriels de Transjordanie, premiers exportateurs d'huile d'olive de la région. Mon père, qui avait fait ses études de médecine à Bordeaux et parlait parfaitement le français, racontait souvent avec fierté avoir servi de guide au général de Gaulle, en septembre 1941, quand, quittant Le Caire, le grand Français est venu à Bethléem visiter des blessés français à l'hôpital de la Sainte Famille. Mon père servit de nouveau de guide aux chefs d'état-major alliés venus à Jérusalem mi-décembre 1943, après la conférence de Téhéran, pour visiter les mosquées, le Mur et le Chemin de Croix.

Nous avions beaucoup d'amis parmi les Juifs installés ici depuis longtemps, et aussi parmi les nouveaux venus, si terriblement cabossés par la vie. Quand les Anglais sont partis et que les tueries ont commencé, mon père soignait évidemment des Juifs comme des musulmans, des Israéliens comme des Jordaniens, des gens de la Haganah tel Mordechai Gazit, comme des officiers palestiniens, tel Abdel Kader el-Husseini, son ami si cher, qui fut tué lors des combats à l'entrée de Jérusalem-Ouest ; son fils, Fayçal el-Hussein, est devenu plus tard le principal rival d'Arafat et un ami de ton père.

Je suis née en 1948, l'année où fut déclarée l'indépendance des deux États créés par l'ONU. Une année de guerre s'ensuivit, où, tour à tour, les troupes arabes et la Haganah ont eu le dessus. Mes oncles ont combattu dans l'Armée de libération arabe de Fawzi al-Qawuqji. Beaucoup d'Arabes massacrés ou expulsés, quelques Juifs massacrés ou expulsés. Mes frères étaient beaucoup trop jeunes pour combattre, même s'ils étaient enragés contre les Juifs. Mon père cherchait en vain à les modérer.

L'État hébreu s'est installé, tandis que les Palestiniens refusaient de se contenter du territoire dérisoire que les Anglais nous concédaient. Nous sommes passés de la domination britannique à la domination jordanienne. À la maison, nous parlions toujours français.

La ville était désormais coupée en deux. On ne pouvait plus aller dîner avec nos amis juifs au King David et eux ne pouvaient plus venir prendre un thé avec nous à l'hôtel Colony. Ma mère est morte en 1953 quand j'ai eu cinq ans et mon père ne s'est pas remarié. Mes frères, très amers, voulaient continuer d'en découdre. Mon père leur a ordonné de se concentrer sur leurs études. Il disait que l'avenir des Palestiniens dépendrait de notre capacité à nous organiser et à ne plus compter sur personne.

En 1958, quand j'ai eu dix ans, il m'a envoyée dans un pensionnat en France, à Fontainebleau, près de Paris. J'y suis restée sept ans. J'ai continué d'apprendre l'anglais, l'arabe, puis le persan. Je suis partie à Londres faire des études d'histoire de l'art et de design. En 1967, quand Israël a occupé Jérusalem-Est, la Cisjordanie, la bande de Gaza et le Golan, plusieurs jeunes gens de Jérusalem, dont les meilleurs amis de mes frères, ont rejoint des mouvements terroristes. Certains ont soutenu ce qui allait devenir Septembre noir. Mes frères, eux, ont quitté notre quartier de Silwan Ras el-Ahmoud et, au grand soulagement de mon père, sont partis finir leurs études de commerce aux États-Unis.

En 1970, mon père m'a ordonné de revenir à Jérusalem. Pour me marier.

Pas question pour moi d'épouser l'un de ceux que lui ou mes frères me destinaient et qu'ils m'envoyaient, sans beaucoup de discrétion ; des Libanais, des Pakistanais, des Palestiniens. Je ne voulais pas non plus rester à Londres, entourée des jeunes gens hypocrites et compassés de la haute société britannique et des oisifs des grandes familles du Moyen-Orient. Je voulais aller à New York, ou à Paris, pour travailler dans un grand musée.

Un samedi de février 1973, chez un banquier pakistanais, ami de mes frères, où ils m'avaient intimé l'ordre de me rendre pour rencontrer un énième prétendant, j'ai vu ton père pour la première fois.

Ce jour-là, la pluie était brutale et le froid cinglant, j'avais hésité à décliner et à rester chez moi. Et puis je me suis décidée. Je suis arrivée très tard dans un somptueux manoir du Devonshire, bien décidée à déplaire à quiconque m'approcherait.

J'ai d'abord entendu sa voix, avant de le découvrir, dans la demi-obscurité de ce jour d'orage. Tu connais sa voix, d'une douceur infinie. Je me souviens d'avoir frissonné en l'entendant pour la première fois. Je me suis retournée et je l'ai vu. Il a remarqué mon geste et m'a souri. Je n'ai pas baissé les yeux. Il était très grand, très maigre, les yeux très clairs. Son nez était cassé, ce qui lui donnait un charme fou ; de longs cheveux comme c'était la mode à l'époque à Londres pour les hommes. Les commissures de ses lèvres révélaient une tristesse que ses yeux mi-clos tentaient de cacher. J'avais le sentiment qu'il était aux aguets, comme s'il surveillait quelqu'un ou qu'il craignait quelque chose. Il était habillé avec un raffinement extrême : un pantalon gris, une veste en cachemire taupe, une chemise jaune et une cravate grise. Des chaussures très fines de velours marron.

Il s'est approché de moi. J'ai ressenti le trouble dans lequel vous jettent toujours les hommes extraordinaires. J'ai rêvé qu'il soit celui que mes frères voulaient que je rencontre ce jour-là. Il s'est présenté, en français : Yves Pollock.

Un Français. Je lui ai répondu dans sa langue. Il m'a dit qu'il était depuis cinq ans banquier chez Siegmund Warburg à Londres. Je n'avais jamais entendu ce nom ; il le devina et m'expliqua : la plus grande banque du monde, où on travaille dans l'intérêt général plus que pour l'argent. Il précisa qu'il était l'adjoint de Siegmund et que notre hôte, le banquier pakistanais, était son collaborateur. Son collaborateur ? Si riche ? Il parlait le français sans le moindre accent, sinon peut-être avec une légère intonation allemande. Il m'a demandé ce que je faisais en ce samedi pluvieux, parmi tant de banquiers. On a parlé d'art, de Lyon (pourquoi de Lyon, je ne sais plus) et de tant de choses. Il m'a demandé mon adresse et c'est tout. Il est reparti très tôt. Un chauffeur l'attendait dans une Jaguar noire. Je n'ai pensé qu'à lui pendant tout le reste de l'après-midi.

Dix jours plus tard, j'ai reçu de lui une très jolie lettre que j'ai encore (en fait, je l'ai devant moi en t'écrivant), qui commençait par cette phrase de Mikhaïl Boulgakov, dans *Le Maître et Marguerite* : « Elle déverse un torrent de lumière sur Ivan, elle projette des gouttes de lumière dans toutes les directions, la chambre commence à être noyée de lune, des vagues agitent la lumière, celle-ci monte, submerge le lit… » C'est ce qu'il avait ressenti, écrivait-il, en me voyant. C'est aussi ce que j'avais ressenti : il « projetait des gouttes de lumière dans toutes les directions ».

Je me suis rendu compte que j'attendais cette lettre depuis que j'avais vu sa voiture s'éloigner dans le brouillard.

Nous nous sommes revus, pour un déjeuner, dans le restaurant du Claridge, où il semblait avoir ses habitudes. Nous avons parlé de choses légères. J'ai voulu en savoir un peu plus sur lui. Il me dit avoir quarante-deux ans soit presque le double de mon âge. Il m'a alors raconté que Pollock était le nom de sa mère, et que son père, qu'il adorait, se nommait Chardin. François Chardin. Pourquoi alors ne pas utiliser son nom ? Pourquoi était-il Yves Pollock et pas Yves Chardin ? Il esquiva. Je lui ai demandé s'il était parent du Chardin, le très grand peintre du XVIIIe siècle, ou du Chardin, le très grand chef d'orchestre d'aujourd'hui. Il a éludé : « Chardin est un nom très commun en France. » Il refusa de parler de son enfance, de ses parents, de sa vie d'avant ; et même de me dire où il était né, prétendant d'un sourire être né en me rencontrant. J'ai pensé qu'il devait dire cela à toutes les femmes. J'ai su un peu plus tard qu'il le pensait. Aujourd'hui, je n'en sais pas beaucoup plus sur son enfance, qui a dû être très malheureuse, sans doute quelque part en France, puisque j'ai su, au moment de notre mariage, qu'il était né à Lyon. Je pense qu'il a dû être orphelin très jeune, ou au moins qu'il était brouillé avec ses parents. Il m'a juste dit qu'il était arrivé à Londres pour ses études, vers 1950. Comme il était né en 1930, où était-il pendant ses vingt premières années ? Pendant la guerre ? Et après ? Son nom n'était pas un nom juif, il n'avait pas dû être ennuyé. Son père était-il un collaborateur des nazis, dont il aurait honte ? Silence. Je n'insistai pas.

En fait, j'ai été tout de suite fascinée par l'intensité de ses silences. Il semblait comme entièrement mobilisé vers un but unique : que tout soit silence autour de lui, que tout devienne inaudible, invisible, comme un brouillard de l'aube dans la campagne anglaise.

En me quittant, à la fin de ce premier déjeuner, il m'a dit, dans un persan tout à faire correct : « L'amour qui ne ravage pas n'est pas l'amour. » J'ai failli pleurer en entendant cela...

J'ai répondu par un autre vers d'Omar Khayyām : « Le Ciel est le joueur, et nous, rien que des pions. »

Je n'avais plus envie de rentrer chez moi, plus envie de continuer à perdre dix ans chaque soir, dans la solitude et l'ennui. Plus envie d'installer des expositions. Plus envie non plus de quitter Londres.

Nous avons pris congé sans fixer un autre rendez-vous. Notre avenir était déjà une évidence.

Quelques jours plus tard, il m'invita à dîner. Et les confidences commencèrent. Par petites touches : il était athée, mais il se considérait comme juif parce que sa mère, Julia, l'était. Même si son père, François, ne l'était pas. Cela ne me gênait pas ? demanda-t-il. Je lui ai raconté les amitiés de mon père, malgré les conflits. J'en ai profité pour demander comment il avait traversé la guerre. Il sourit et ne répondit pas. Je n'ai pas insisté. Il était donc juif... Mes parents et mes frères ne l'accepteraient jamais. Tant pis pour eux. C'était lui, et c'était moi.

Nous nous sommes revus, encore et encore. Et j'ai eu droit à quelques autres confidences : oui, il était né en France, mais il y avait peu vécu. Il détestait ce pays et n'en avait gardé la nationalité que pour honorer son père, qu'il avait à peine connu. Où était aujourd'hui son père ? sa mère ? Avait-il des frères ? Des sœurs ? Aucune réponse.

Il n'en a pas dit davantage à mes frères quand ils sont venus de New York et de Los Angeles, à ma demande, pour le rencontrer ; et qu'il leur a demandé ma main. Mes frères avaient bien l'intention de mettre tout de suite fin à nos relations et de me ramener à Jérusalem : une musulmane épousant un Juif ? L'héritière d'une des plus grandes familles de Jérusalem-Est s'unissant à un financier juif sans passé et qui refuse même de leur présenter le moindre parent ?! Pas question. « Over my dead body », m'avait lancé un de mes frères au téléphone. En moins d'une soirée, pourtant, il les a conquis. Il savait tout de leurs passions, dont je ne lui avais rien dit. Ils ont parlé littérature, polo, musique, courses de voitures, finance, Liban. Il leur a promis que, s'ils le voulaient, il deviendrait musulman pour m'épouser, mais que, comme il ne croyait pas en Dieu, ce serait ajouter un blasphème à un autre. Mes frères ont ri. Ils ont beaucoup parlé. Ils se sont revus sans moi. Mes frères ont accepté notre mariage sans exiger qu'il se convertisse. Il a promis d'élever nos enfants dans la religion du Prophète si je le souhaitais.

Nous nous sommes mariés à Jérusalem, un mois avant la guerre de Kippour. Je me suis appelée un moment Laila Pollock, puis il a repris le nom de son père... Je suis devenue Laila Chardin. Nous nous sommes installés près de Kensington Gardens. Dès nos premières nuits, j'ai compris qu'il avait le plus grand mal à dominer son dégoût de l'amour physique. J'ai aussi remarqué une étrange cicatrice sur son bras gauche. Il refusa de m'en parler.

Il faisait d'horribles cauchemars. Il en fait toujours. Parfois, dans son sommeil, il criait, il crie encore, un prénom, que je suppose être celui d'une femme qu'il a beaucoup aimée et dont j'ai appris plus tard qu'elle était morte un mois après l'avoir quitté. Je n'ai jamais su qui elle était. Il m'a juste dit, une nuit, qu'il revivait parfois en rêve des épisodes terribles de sa jeunesse. Je lui ai demandé de m'en parler. Il a toujours refusé. J'ai juste cru comprendre qu'il avait perdu un enfant très jeune et qu'il le voyait partout ; chaque 1er mai, il célébrait, en secret, l'anniversaire de quelqu'un qu'on ne voyait jamais…

Que s'était-il vraiment passé dans son enfance ? La seule chose qu'il m'a dite, une nuit où il s'était un peu abandonné, est qu'il avait promis à sa mère de n'en parler à personne avant d'être à la veille de sa propre mort. Et de n'en parler alors qu'à son fils, s'il en avait un. Il tiendra cette promesse. Il te parlera. Ou il t'écrira.

Je ne sais rien de plus de lui… Qui est vraiment ton père ? C'est effrayant de ne rien savoir de celui qu'on aime. De penser qu'il pourrait avoir une double vie, ou avoir commis des crimes épouvantables. Tout cela est possible. Parfois, cette ignorance me devenait intolérable et je pensais le quitter. Et puis non, je l'aimais trop.

J'ai mis du temps à maîtriser ses peurs et ses phobies. J'ai mis du temps à lui donner du plaisir.

J'ai ensuite rencontré ce sir Siegmund, dont il était le principal collaborateur. Tu ne l'as pas connu. Cet homme avait un charme fou. Il était l'héritier de la plus ancienne dynastie mondiale de banquiers. Ses ancêtres venaient d'Italie et avaient été les conseillers des empereurs d'Allemagne, des présidents des États-Unis, de France, des rois de Grande-Bretagne et de l'empereur du Japon. Né en Allemagne, Siegmund s'était réfugié à Londres en 1933, contre l'avis des autres membres de sa famille, qui ne prenaient pas au sérieux le danger nazi. Pendant la guerre, il avait inventé toute une série d'instruments financiers auxquels je ne comprends rien ; même si j'adorais faire semblant, quand ton père me l'expliquait, avec un enthousiasme que je ne lui connaissais qu'à ces occasions. Il parlait alors avec ravissement de financement d'exportations, d'obligations convertibles, d'OPA, d'eurodollars.

Siegmund Warburg et lui ne se quittaient jamais. La presse disait qu'ils dominaient la City. Il y avait toujours avec eux deux autres Allemands : Andréas Dornfels que tu connais, et un nommé Henry Grunfeld. Andréas et Henry parlaient l'anglais avec un très fort accent allemand. Tous les quatre avaient d'infinis conciliabules à la maison. En allemand. Jamais en français ni en anglais. Siegmund, lui, parfois, leur récitait des vers latins…

Quand tu es né, en 1980, sept ans après notre mariage, c'est ton père qui a tenu à choisir ton premier prénom : Pierre. Ton deuxième est Abdul, le prénom de mon père. Nous avons choisi de te laisser la nationalité française qui, après tout, est celle de ton père, même s'il a fui ce pays.

Tu as été élevé dans la religion du Prophète. Tu t'es très vite intéressé à la philosophie grecque, à la littérature française, au judaïsme et à la civilisation chinoise. Par moi, tu es donc musulman et palestinien. Par ton père, catholique, juif et français. Par nous deux, un peu anglais. Et tu es devenu un peu américain… On peut comprendre que la géopolitique soit devenue ta passion… Ce choix de te faire grandir entre plusieurs cultures et plusieurs monothéismes, ton père et moi n'en avons jamais parlé tant c'était une évidence.

Juste après ta naissance, ton père est devenu très mondain. Trop pour moi. Il adorait être reçu à Buckingham, au *number ten*, à l'Élysée, à la Maison-Blanche. Il aimait rencontrer tous les gens qui comptent dans le monde. Un jour où je le taquinais à ce propos, il murmura qu'il le faisait pour ses parents et son frère. Son frère ? Il avait donc un frère ? Il retomba dans le silence.

En 1982, trois ans après ta naissance, Siegmund est mort. Ton père aurait dû lui succéder. Tout le monde à la banque voulait que cela soit lui : il était le principal associé ; personne, pas même David Scholey, qui en rêvait aussi, n'aurait pu lui disputer le poste. Mais, à la grande surprise de tous, sauf de moi, il a refusé. Il avait de nouvelles passions ; il était devenu l'ami des acteurs majeurs du conflit au Proche-Orient : les Autrichiens Karl Kahane et le chancelier Bruno Kreisky, les Israéliens Yitzhak Rabin, Shimon Peres et Uri Savir, et quelques Palestiniens dont Issam Sartaoui, qui a payé de sa vie, cette année-là, ses rencontres secrètes avec ton père et des partisans de la paix.

Pendant quelques années encore, ton père est resté à la banque, comme conseiller lointain. Il semblait en paix avec lui-même. En mai 1987, à mon grand étonnement, il a voulu aller à Lyon, sa ville natale, où il n'allait jamais, pour assister au procès d'un des anciens chefs nazis qui venait d'être extradé d'Amérique latine. Un nommé Klaus Barbie. Il n'a pas voulu que je l'accompagne. Je ne comprenais pas. Quel rapport avait-il avec cet homme ? Où avait-il passé la guerre ? Toutes ces questions revenaient sans cesse. Peut-être allais-je enfin avoir une réponse. Mais non, je n'ai rien pu lui faire dire. Il y est resté une semaine. Il ne m'a pas dit un mot en revenant. Il avait pris dix ans…

En 1991, après les accords de Madrid, il a quitté la banque. Il mettait beaucoup d'espoir au Moyen-Orient dans la construction d'un marché commun entre tous les pays. Il semblait obéir à une mission reçue longtemps auparavant : travailler à la paix. Il était devenu très proche des négociateurs israéliens et palestiniens. On est restés encore trois ans à Londres, puis, en septembre 1993, après les accords d'Oslo, il a voulu s'installer à Jérusalem. J'ai refusé : je voulais que tu aies la meilleure éducation possible. J'ai proposé qu'on achète une maison secondaire en France, pour qu'il retrouve ses racines. Il a refusé. Il m'a fait la surprise d'acheter cette magnifique maison à Jérusalem. Il pensait me faire plaisir en me l'offrant, et moi je pensais lui faire plaisir en l'acceptant. En fait, mon père était mort et aucun de mes frères n'habitait plus Jérusalem. L'un était à New York et l'autre à Los Angeles. La ville sainte n'était plus celle de mon enfance. Je n'y retrouvais rien. Il n'empêche, j'étais heureuse d'y aller de temps en temps avec lui. Et quand il y était, bien des conciliabules se passaient à la maison. Rabin, Peres, Arafat même, y venaient en secret. Et on dînait souvent chez l'un ou chez l'autre, à Jérusalem, à Tel-Aviv et à Gaza.

Le 4 novembre 1995, on était sur la place de Tel-Aviv où Yitzhak devait parler ; on devait dîner avec lui après la manifestation. On se trouvait à dix mètres de lui quand il a été assassiné. On n'a naturellement rien vu, ni rien entendu.

Au lendemain de ses obsèques, nous sommes repartis pour Londres. Ton père a renoncé à toute action politique et a parlé de vendre la maison de Jérusalem. Je l'en ai dissuadé. On a longuement débattu de ce qu'on pourrait faire. Où aller vivre… Tout était possible. Il s'est intéressé à l'archéologie. Et quand il s'intéressait à quelque chose, il le faisait à fond. En 2000, quand tu es parti à Boston pour tes études, l'idée lui est venue de s'installer ici. Oui, l'idée est de lui, pas de moi. Pour le distraire, j'ai ouvert quelque chose comme un salon littéraire à la maison, où on recevait des écrivains israéliens et palestiniens. Ton père s'illuminait en parlant avec eux. Ils venaient tous : Alterman, Oz, Appelfeld, Kaniuk, Klausner, Darwich, Said, Hussein, Touqan. Ton père s'intéressait de plus en plus aux fouilles dans la Vieille Ville, qu'il finançait. Il ne croyait plus qu'une solution politique du conflit fût possible. L'archéologie était pour lui une manière de s'intéresser au passé le plus lointain, pour ne pas avoir à penser au présent et à l'avenir. Je n'ai pas compris tout de suite qu'il cherchait, en fait, encore à travailler à la paix en remontant aux sources du conflit.

Un peu plus tard, Andréas Dornfels nous a rejoints.

Andréas… Si je n'étais pas certaine de l'amour absolu que me porte ton père, j'aurais pu être jalouse de tout ce qui les unit. Yves m'a toujours dit qu'il l'avait rencontré à Londres, mais je suis certaine qu'ils se sont connus bien avant. Une fois, j'ai demandé à ton père de quand datait leur amitié. Il m'a répondu : « C'est étrange. On fait des cérémonies pour les mariages, qui parfois ne durent pas et on n'en fait pas pour célébrer une amitié qui en général ne cesse qu'avec la mort. » Une autre fois, j'ai demandé à Andréas ce qu'il savait de l'enfance de mon mari. Il m'a répondu : « Je ne veux pas te dire ce qu'il ne peut pas te dire. La seule chose que tu dois savoir, c'est que ce monde ne mérite pas qu'on y fasse des enfants. » Était-ce un reproche ? Lui, en tout cas, n'en avait pas. Je n'ai jamais rien su de plus. On sent à leurs regards et à leurs silences qu'ils sont parfois très loin, comme deux anciens gangsters repentis ; comme deux prophètes renégats ; comme deux morts vivants. Andréas a sans doute vécu des horreurs de même nature que ton père. Avec ou sans lui. Ce qu'ils ont vécu séparément, ou ensemble, il nous est sans doute à jamais interdit de le comprendre, et cela les unit à jamais.

Promets-moi de ne pas laisser deux mois sans venir voir ton père. Parle avec lui autant que possible. J'ai tout préparé pour qu'il ne soit pas seul.

Quand je demandais à ton père comment il imaginait sa cérémonie mortuaire – oui, nous avons parlé de cela –, il me disait que tout était prévu et que je le trouverais dans son testament. Je ne lirai jamais son testament.

Ton père a été toute ma vie. Parfois, j'ai le sentiment de t'avoir délaissé pour lui. Ne m'en veux pas. Nous n'avons songé qu'à toi, tous les deux.

Nous nous retrouverons : je crois en un au-delà commun des gens qui s'aiment, quels que soient leurs chemins vers Dieu.

N'oublie jamais ce vers d'Omar Khayyām que ton père et moi adorons : « Sois heureux un instant, cet instant, c'est ta vie. »

Ta mère, passionnément,
Laila Chardin

9

Lettre de Benjamin Chardin à sa fille Sophie-Julia-Lian Chardin

Houat, 10 avril 2017

Ma chère fille,

Comme il est de tradition dans notre famille, il m'appartient te laisser une dernière lettre, une Lettre de Raison.

En fait, c'est presque une première lettre, car je ne me souviens pas de t'en avoir écrit depuis ton enfance, où je te laissais des petits mots et des dessins, quand je partais en tournée, à l'aube, avant ton réveil. Depuis, comme tant de gens, je me suis contenté du téléphone, de SMS, d'emails et autres vidéos.

Malgré tout ce que je t'ai déjà raconté, attends-toi à quelques surprises…

Comme mon père et mon grand-père, et d'autres dans notre famille (dont tu trouveras les lettres attachées à celle-là), j'ai pris le temps de penser à ce que j'allais t'écrire. Je savais qu'il me faudrait me résoudre un jour à te faire savoir tout ce que je n'avais pas eu le courage de te dire de mon vivant. Comme mes parents et mes grands-parents, j'ai compris qu'on se confie plus facilement à ses enfants depuis l'outre-tombe…

En se racontant rétrospectivement, on découvre qu'on a fait bien des erreurs, qu'on aurait pu éviter. Et, comme un spectateur du film de sa propre vie, on regrette de ne pas avoir crié à temps : « Non, ne fais pas ça ! Tu précipites ton malheur… »

J'ai fait beaucoup d'erreurs de ce genre.

J'ai longtemps repoussé le moment d'écrire cette lettre. Comme si écrire son testament, ou ses Mémoires, ou une Lettre de Raison, déclenchait l'ultime compte à rebours qui conduit au tombeau.

Maintenant, il est temps. Je vais mourir, c'est certain. Ne t'attends à rien de grandiose. Nos vies, en tout cas la mienne, sont faites de secrets misérables, de faiblesses indignes et de reculades minuscules. Rien de sublime. En tout cas, c'est ainsi que je vois mon histoire.

Tu as aujourd'hui trente-trois ans. Je t'ai élevée avec amour, d'abord avec ta mère, Li Mei, puis avec Yohann. Deux êtres merveilleux, dont personne ne voulait dans la société française du moment. Et toi, tu as été comme une reine avec l'une et avec l'autre. Tu auras été la plus grande joie de ma vie. Ta mère disait que tu étais en réalité le seul amour de ma vie. Et c'est vrai.

Ta mère… tu l'as si peu connue. Huit ans.

Moi, je n'ai pas du tout connu la mienne. En 1951, deux ans après ma naissance, mon père la fit enfermer dans un hôpital psychiatrique et obtint qu'on lui interdise de me voir. Il disait qu'elle était devenue violente et qu'elle menaçait ma vie. Je ne l'ai pas revue jusqu'à sa mort, deux ans plus tard, m'a dit mon père. En réalité, dix ans plus tard, comme je l'ai appris à la mort de mon père, quand j'ai tout découvert. Je te le conte un peu plus loin.

Je n'ai pas pu non plus me recueillir sur sa tombe : selon mon père, elle aurait voulu être incinérée et ses cendres auraient été dispersées dans la baie de Saint-Malo, à côté de l'hôpital psychiatrique dans lequel elle est morte. Mais il mentait tellement, surtout, que même de cela, je n'étais pas certain. Jusqu'à ce que je découvre la vérité...

Je ne savais rien non plus du choix de mon prénom, Benjamin, sinon que cela devrait vouloir dire que j'avais eu un frère ou une sœur avant moi, mais de cela aussi, mon père a toujours refusé de me parler. Ma mère me l'a confirmé, dans la lettre que j'ai découverte dans les affaires de mon père : deux de ses enfants sont morts avant ma naissance.

Triste enfance, triste adolescence, à l'ombre d'un père mondialement célèbre, écrasant et absent. Ma mère me manquait, même si je ne l'avais pas connue. À dix ans, j'ai voulu me suicider. Beaucoup de nurses, de gouvernantes, de domestiques pour s'occuper de moi ; et surtout de lui... Des femmes et des hommes qui ne restaient jamais très longtemps et à qui il affirmait, haut et fort, devant moi, n'avoir jamais voulu avoir d'enfant.

Il ne disait pas d'horreurs que sur moi. Il haïssait ou méprisait tout le monde : ses collègues chefs d'orchestre et violonistes, les chanteurs, les directeurs de théâtre, les impresarii, les agents, les maisons de disques, les journalistes. En particulier quand ils étaient juifs, ou communistes, ou américains. Et sa famille ; ma mère d'abord : « Pourquoi ai-je épousé une Juive ?! » Moi : « Pourquoi ai-je engendré un Juif de plus ! » Son demi-frère, François : « Un horrible communiste. » La femme de ce frère : « Une Juive, violoniste de second ordre », avec deux enfants qu'il ne nommait jamais. Quand je lui ai demandé pourquoi on ne les voyait pas, il m'a répondu : « Ils sont tous morts. Ne m'en parle plus ! » Quand il se mettait ainsi en colère, il redevenait bègue. Il était furieux qu'on le voie ainsi et partait s'isoler.

À six ans, il m'a envoyé dans un pensionnat de jésuites à Versailles où il m'a oublié. Là-bas, comme ailleurs ensuite, j'étais l'enfant raté d'un génie.

À huit ans, pour lui plaire, j'ai voulu devenir musicien. Mais comment faire quand on porte un nom si célèbre ? Comment être soi quand on est déjà un autre ? Il n'a pas voulu que je fasse du violon. J'ai atterri dans une classe de basson. J'ai bien aimé. Un très bel instrument, avec un énorme répertoire ; et même si, au XVIIIe siècle, il servait surtout à doubler les violoncelles et les contrebasses, Vivaldi, Mozart, Villa-Lobos et tant d'autres ont ensuite écrit des concertos pour lui. J'ai réussi à entrer dans la classe de Maurice Allard au conservatoire de Paris. C'était un très grand interprète et un professeur magnifique. Il m'a convaincu d'en faire mon métier.

Sans doute aurais-je dû faire autre chose de ma vie que de la musique. Sans doute aurais-je dû ne pas vivre dans l'ombre de mon père. Je ne le regrette pas. C'est à cette lâcheté que je dois de t'avoir dans ma vie, ma chérie.

À vingt-cinq ans, je suis devenu basson solo dans l'orchestre de Jean-Claude Casadesus à Lille. J'ai commencé à jouer comme soliste dans *Pierre et le Loup* de Prokofiev, dans *Peer Gynt* de Grieg, dans *L'Apprenti sorcier* de Dukas, et dans *Le Sacre du printemps* de Stravinsky. Cela ne suffisait pas à assurer mes revenus. Je donnais des cours. La vie n'était pas douce avec moi.

Parfois, mon père me proposait de jouer avec son orchestre. Mais comme il m'humiliait devant les autres musiciens, je ne l'acceptais que quand j'en avais vraiment besoin.

En 1980, j'avais trente ans, un musicien de l'orchestre de Leipzig, avec qui je jouais parfois, m'a parlé d'un livre qui venait de paraître en Allemagne, et dont on parlait un peu dans les orchestres de toutes les villes du Rhin où mon père était extrêmement connu et redouté. Le livre se nommait *La Vraie Vie de Paul Chardin*. L'auteur, anonyme, se prétendait un musicologue allemand. Il racontait que mon père avait été un collaborateur des nazis pendant la guerre (alors qu'il m'avait toujours dit avoir été un résistant). Il donnait des listes très précises de gens qu'il aurait livrés aux bourreaux : des musiciens, des chanteurs ; et les noms de mon oncle et de sa famille : François, Julia, Yves et Pierre. François aurait été fusillé et les trois autres auraient été arrêtés, envoyés à Drancy, puis dans les camps d'extermination, sans que mon père, qui aurait pu les sauver, fasse rien. L'auteur affirmait aussi que mon père avait volé chez un notaire de province, un certain Gabriel Bouasse à Rive-de-Gier, des œuvres d'art majeures appartenant à son demi-frère, dont un Rembrandt. Il y avait tous les noms et tous les détails. Les musiciens allemands, dont beaucoup avaient des parents au passé sulfureux, souriaient de ces histoires qui leur rappelaient des souvenirs de famille…

J'ai été stupéfait. Je savais que mon père était odieux. Qu'il détestait les Juifs. Et qu'il n'aimait pas son demi-frère. Mais ça ? Et lui ? Collabo ? Dénonciateur ? Non, impossible. Il n'avait même jamais prononcé devant moi les noms de la femme et des enfants de François.

Quand je l'ai revu, une semaine plus tard, chez lui, en début d'après-midi, avenue Henri-Martin, où il revenait parfois de Lausanne, devenue sa résidence principale, il était encore dans son lit, devant son énorme plateau de petit déjeuner : des fruits secs, du thé, des brioches, une confiture très particulière. Il portait, comme toujours, une robe de chambre de cachemire rouge. Je lui ai parlé de ce livre. Plus je détaillais le contenu, plus je le voyais pâlir. J'ai vraiment cru qu'il allait faire un malaise. Il a renversé son thé. Il a crié. Il a insulté la femme de chambre venue tout débarrasser. Je lui ai demandé si tout cela était vrai. Il s'est mis dans une très grande colère, bégayant plus que jamais : « Comment peux-tu même oser penser que cela pourrait être vrai ? Comment pourrais-tu croire que ton père, le grand maestro Paul Chardin, se soit abaissé à ça ? J'ai été un grand résistant, la justice l'a reconnu. J'ai eu la Légion d'honneur pour faits de guerre ! Ce sont les Juifs qui colportent ça. Il est vrai que je ne les aime pas. Et alors ?! Personne ne les supporte ! Mais je n'ai jamais dénoncé personne et encore moins ton oncle, ta tante et tes cousins ! Tu imagines ? » Il éructait. « Je sais qui est derrière cette cabale. Il y a des choses là-dedans qui ne trompent pas. Heureusement, ce livre, personne ne le lira. »

En effet. La presse allemande en a très peu parlé ; et le livre n'a été traduit dans aucune autre langue. Il n'a rencontré aucun écho en France. Mon père a sans doute fait racheter tous les exemplaires et le scandale a été vite étouffé. Pour ma part, j'étais convaincu qu'il y avait une part de vérité dans ces pages. J'ai voulu en savoir plus.

J'ai cherché : il ne me fut pas difficile de vérifier que Bouasse était bien le nom de jeune fille de la mère de ce demi-frère de mon père, et que Julia était bien le prénom de sa femme. Ce demi-frère, François, sa femme Julia et leurs deux enfants, Pierre et Yves, avaient bien tous disparu pendant la guerre. François, fusillé, et les trois autres envoyés dans des camps et jamais réapparus.

Que faire ? Allais-je reprendre moi-même ces accusations anonymes ? Allais-je enquêter plus avant ? C'était mon père. Et si ces faits étaient véridiques, ils dataient d'il y a trente-cinq ans. Plus personne n'en parlait. Cela ne servirait à rien. Je n'ai rien fait.

Une lâcheté de plus...

Une nouvelle fois, à court d'argent, je l'ai accompagné pour une tournée en Asie : Singapour, Hong Kong, Tokyo, Kyoto. Je remplaçais Maurice Allard, qui devait faire partie de la tournée, mais qui, à trois ans de la retraite, s'était désisté. Allard, le grand Allard, avait proposé à mon père que je le remplace. Mon père a grogné et a accepté. Il a essayé de se montrer aimable... Il avait sans doute aussi un peu peur de ce que je pouvais faire de ce que j'avais appris, et il voulait me tenir sous sa coupe loin de Paris.

C'est là, en avril 1983, que j'ai rencontré Li Mei Xin, qui allait devenir ta mère. Elle avait été recrutée par mon père à Hong Kong comme harpiste, pour deux concerts, et ne comprenait pas mon père qui s'obstinait à ne parler que français ou allemand avec ses musiciens, où qu'il soit. Je me suis arrangé pour lui traduire, dans mon mauvais anglais, ce que disait mon père.

On s'est revus. Elle jouait sublimement de la harpe chinoise comme de la harpe occidentale. Je n'ai pas osé lui faire la cour. C'est elle qui m'a proposé un soir de monter dans ma chambre. Elle m'a raconté sa vie. Elle venait d'une grande famille chinoise victime de la révolution culturelle. C'était une histoire si triste... J'étais sous son charme. Aucune femme ne m'avait jamais attiré auparavant.

J'ai dit tout de suite à mon père que je voulais l'épouser. Il s'y est opposé, la traitant d'aventurière. Je n'ai pas cédé. Elle est venue à Paris. Et nous nous sommes mariés. Il a refusé d'assister à notre mariage.

L'année suivante, tu es née. Quelle merveille ! Mon père voulait que je te nomme Sophie, qui est le prénom de mon arrière-grand-mère Pinteaux, celle qui a épousé un Chardin et dont le fils a eu deux enfants dont mon père. J'ai accepté, pour lui faire plaisir, en espérant que, si je faisais cela, il voudrait bien rencontrer ta mère. Mais, pris par je ne sais quelle intuition, ou par un sursaut d'orgueil ou un désir de vengeance, en arrivant au bureau de l'état civil de la mairie du 11e arrondissement où nous habitions, j'ai ajouté Julia, le prénom de la femme de mon oncle François. Parce qu'il fallait que cette partie engloutie de la famille ait encore une vie... Parce que je devais au moins faire cela, puisque je n'avais pas eu le courage de dénoncer mon père... Voilà pourquoi tu te nommes Sophie-Julia Chardin. Et aussi, à la demande de ta mère, Lian, « orchidée », comme ta grand-mère maternelle, morte bien avant ta naissance.

Quand je l'ai annoncé à mon père, il est entré dans une colère folle. Il voulait à tout prix que je fasse retirer Julia de ton état civil. J'ai refusé. Il n'a pas voulu te rencontrer. Il a été très violent. Ta mère et moi avons alors déménagé à Hong Kong où nous avons tous les deux trouvé un emploi dans l'orchestre national. Huit années merveilleuses. Même si ta mère souffrait de plus en plus de douleurs qu'elle me cachait.

Un jour de 1992, mon père, se sachant sans doute mourant, a enfin voulu te connaître ; je suis venu avec toi à Paris. Pendant un mois ; mon père ne t'a parlé que de lui. Un soir, t'en souviens-tu ?, il se vanta, devant toi et moi, des horreurs qu'il avait commises ; il expliqua qu'il avait été très content d'avoir débarrassé les orchestres français de tous les Juifs et de n'avoir rien fait ni pour sauver François, ni pour faire libérer sa femme et ses enfants. Et qu'il fallait que tu oublies ce vilain prénom de Julia. Toi, tu le regardais, sans un geste ni un mot, parfaitement immobile. Sinon que tu serrais très fort, dans tes bras la poupée de chiffon que t'avait donnée ta mère avant notre départ.

Le lendemain, ta mère m'a appelé de Hong Kong. Sa maladie s'était soudainement aggravée. On lui avait diagnostiqué un cancer très avancé qu'il fallait opérer d'urgence. Je me suis précipité avec toi pour la rejoindre. Tu n'as pas oublié ce terrible voyage. Le vol très chahuté. L'atterrissage tenté à trois reprises à cause du vent. La course pour sortir de l'aéroport. Je me souviendrai toujours de ton regard à l'hôpital quand tu as compris que ta mère était morte juste avant notre arrivée. Tu n'as pas pleuré. Après ses obsèques, nous sommes revenus à Paris. Et nous nous y sommes installés sans revoir mon père. Tu étais très courageuse.

L'année suivante, 1993, mon père est mort. Il avait quatre-vingts ans ; il était au sommet de sa gloire, seul, dans son palace suisse où il ne recevait personne. Dans une sorte de lettre testament insensée, où il ne me parlait que de ce que je devais faire pour entretenir sa gloire, il a mentionné pour la première fois sept tableaux de Rembrandt, dont je n'avais jamais entendu parler, sauf par le livre anonyme paru en Allemagne, qui ne mentionnait d'ailleurs qu'un Rembrandt. Il me disait les destiner au Louvre, en me demandant d'en confirmer la donation, parce que ma confirmation était nécessaire en raison des conditions de la donation reçue de son père. En échange, le Louvre ouvrirait une salle à son nom.

En rangeant ses affaires, j'ai trouvé une lettre de ma mère, qu'il avait subtilisée avant que je ne la reçoive, comme bien d'autres. Une lettre rédigée juste avant de mourir. Bien plus tard qu'il ne me l'avait dit. Tout y était. Tout. Avec toutes les preuves. Cette lettre de ma mère, tu dois la connaître pour savoir qui il était… Tu la trouveras jointe à celle-ci.

J'ai alors cherché la tombe de ma mère et je l'ai trouvée à Saint-Malo, chemin du Vau Garni, dans le quartier du Rosais, sur le territoire de l'ancienne commune de Saint-Servan. C'est un très beau cimetière marin qui surplombe l'embouchure de la Rance. Depuis, j'y vais souvent.

Je me suis renseigné à l'hôpital. J'ai compris qu'elle ne voyait presque jamais de médecins. Avant d'être enfermée, elle avait enquêté sur mon père.

Elle avait découvert bien de ses turpitudes. En particulier, les gens qu'il avait dénoncés et ceux qu'ils n'avaient pas sauvés, dont son frère et sa famille.

Dans cette ultime lettre, elle me demandait de dénoncer ces horreurs. Il était mort. Cela n'aurait servi à rien.

Les Rembrandt, j'étais convaincu qu'il les avait volés à son frère. Et que leur père les avait peut-être volés lui aussi à quelqu'un d'autre. Que faire ? Les donner quand même au Louvre, comme il le souhaitait ? Pour ouvrir une salle au nom de ce monstre ? Pas question. Je suis allé au Louvre pour dire que je remettais en cause le legs de mon père, comme j'en avais le droit. Ils ont tout essayé pour me faire changer d'avis… Ils ont prétendu que de nombreux Rembrandt circulaient ainsi en fraude, et que ceux-là étaient connus et répertoriés ; qu'ils avaient appartenu au XIXe siècle au Dr Lacaze, un grand collectionneur qui avait donné toute sa collection au Louvre et qu'ils devaient donc y revenir aussi. Ils n'en avaient aucune preuve. J'ai refusé. Ils ont menacé de me faire un procès, qu'ils auraient perdu. Ils ont ensuite prétendu qu'ils pourraient convaincre les experts du Rijksmuseum de déclarer que ces tableaux étaient des copies… Je n'ai pas cédé. Je les ai laissés dans le coffre de la Banque cantonale de Lausanne, où mon père les avait transportés il y a près de cinquante ans. Et j'ai décidé d'attendre que tu sois majeure pour t'en parler.

J'ai alors quitté la musique classique, j'ai pris un autre nom et changé d'instrument. Je me suis essayé à la trompette parce que mon amant du moment était trompettiste. Il m'a fait découvrir Armstrong, Donald Byrd, Miles Davis, Chet Baker, Freddie Hubbard.

En 1998, tu avais quatorze ans, il m'est arrivé ce que je n'attendais plus : un autre coup de foudre. Yohann Salvador… Tu as été heureuse avec nous, entre Paris et la petite maison de Yohann, sur l'île d'Houat. Lui et moi nous avons vécu presque vingt ans d'amour. Il n'était pas évident que tu l'acceptes. Ton ouverture, ta générosité, ton appétence au bonheur m'impressionnent.

Quand tu as eu dix-huit ans, en 2002, je t'ai donné la dernière lettre de ta mère, écrite à Hong Kong pour toi, juste avant de mourir… Je te l'avais lue en partie juste après sa mort. Et je t'ai fait lire les lettres de mon père et de ma mère, de mon grand-père Jean Chardin et de ma grand-mère Louise Chardin. Je t'ai raconté l'histoire de notre famille, et je t'ai demandé l'autorisation de ne pas garder ces tableaux.

Tu m'as dit : « Papa, je ne sais pas. C'est une histoire de grands. Je te demande de penser à ce que déciderait maman si elle était encore là. » Et tu avais tellement raison ! Moi qui lui parle sans cesse, je n'avais pas pensé à lui demander son avis. De là où elle est, elle a évidemment confirmé mon choix.

Alors j'ai décidé de faire confiance au livre anonyme et de rencontrer celui chez qui, selon son auteur, ils n'auraient jamais dû cesser d'être : le notaire de Rive-de-Gier, ce nommé Gilbert Bouasse, neveu de Simone, la première femme de mon grand-père, la mère de François. Et là, j'ai appris qu'il était mort vingt ans plus tôt, remplacé dans l'étude par son fils, Léon Bouasse. Celui-ci a confirmé que c'était son grand-père, Gabriel Bouasse, qui avait reçu de Jean Chardin à sa mort en 1930 le soin de conserver ces tableaux, dans les coffres du Crédit lyonnais à Lyon, au nom de François, qui en était le seul héritier. J'ai appris que le notaire avait été contraint de les remettre à Paul, à la demande de François, en 1943. Pas en 1947, comme le disait mon grand-père, mais en 1943 ! Le notaire m'expliqua que son père avait été déchiré de devoir obéir à François et les remettre à Paul. Il se demandait depuis ce qu'ils étaient devenus. Il prétendait ne pas savoir qu'ils étaient en Suisse. Il n'avait jamais su, disait-il, que Paul voulait les léguer au Louvre. Il m'a alors appris que l'héritier véritable, Yves, le fils de François, était toujours vivant. Mais qu'il avait choisi de vivre sous le nom de sa mère, Yves Pollock, et qu'il refusait de s'intéresser à ces tableaux.

Je doutais de son récit et j'insistai : François avait-il vraiment demandé au notaire, en 1943, de les donner à son frère ? Paul avait-il menacé les Bouasse de les livrer aux nazis s'ils ne lui remettaient pas ces tableaux ? Que s'était-il passé en 1947 après la mort de Gabriel Bouasse ? Et Yves, où avait-il vécu son enfance et son adolescence ?

Silence…

Yves ! Yves était-il donc vraiment vivant ? Il avait survécu à la Shoah ? Et son frère ? Et sa mère ? Et si Me Bouasse savait qu'Yves était vivant, pourquoi n'avait-il pas réclamé après la guerre les tableaux à Paul, pour les rendre à Yves ? Ni Gabriel Bouasse ni son fils Gilbert n'auraient rien fait ? Et lui, Léon, depuis qu'il avait repris l'étude en 1980, rien non plus ? Aucune réponse d'un homme qui semblait prendre une année à chacune de mes questions. J'ai compris que je ne saurais jamais la vérité. En tout cas pas de lui...

Je lui ai dit que je ne voulais pas de ces tableaux, que je ne faisais aucun obstacle à ce qu'il les rende à Yves s'il était bien encore vivant. Je lui ai tendu les codes des coffres de Lausanne. Il a hoché la tête, hésité, puis il les a pris et les a rangés dans un portefeuille de cuir rouge, posé sur une petite table, près de son bureau. Cette affaire, et ses remords, ne l'avaient jamais quitté.

L'année suivante, 2003, on a inauguré une rue Paul-Chardin à Paris. Puis une place devant la Philharmonique. À côté de la place Alfred Cortot. J'ai assisté sans un mot, avec toi, à ces cérémonies. À la fin, tout le monde me félicitait.

C'en était trop pour moi. J'avais en mémoire les aveux de mon père. La lettre de ma mère. Le livre allemand.

C'était cela, la grande musique ? C'était cela qu'il fallait honorer ? Un dénonciateur, un collabo, un antisémite, qui ne valait pas mieux que Karajan et les autres ?

Cette année-là, tu es partie de la maison ; j'ai vécu pour l'essentiel chez Yohann à Houat. Je m'aperçois que, de ces années de bonheur, je n'ai rien à dire : le bonheur n'est pas un sujet de conversation.

Toi, après quelques errances, tu me sembles avoir trouvé ta place sur cette terre et c'est bien.

Je t'aime tant... Je ne souffre que de la peine que je vais te faire en partant.

Tu sais, il est difficile de détester celui ou celle qui vous a donné le jour. Plus encore de les mépriser. On se demande toujours ce qu'on a pris d'eux ; et si, en les détestant, ou en les méprisant, on ne se déteste pas, ou on ne se méprise pas un peu soi-même.

Je hais et je méprise mon père. J'espère n'avoir rien reçu de lui. J'espère, plus encore, ne t'en avoir rien transmis.

Je t'aime. Bien au-delà des mots.

Sois heureuse. Ne fais jamais de mal à personne. À la fin de la route, c'est cela seul qui compte.

Ma tombe sera ici, dans cette île où j'ai trouvé la sérénité. J'espère que tu viendras m'y rendre visite de temps à autre. Yohann sera heureux de te revoir.

De là où je serai, je vais enfin retrouver ma mère...

Et je te protégerai, amour de ma vie.

Ton papa
Benjamin

10

Lettre d'Yves Chardin
à son fils Pierre Chardin

Yemin Moshe, jeudi 4 novembre 2021

Cher Pierre,

J'ai choisi de t'écrire en français, qui n'est qu'une de tes trois langues maternelles. Tu comprendras pourquoi en lisant la suite.

Depuis quelques décennies, tu le sais, je n'écris plus que des lettres manuscrites, et sur du très beau papier. Tu dois te douter, en voyant celui que j'emploie ici, que cette lettre a beaucoup d'importance.

Tu as sans doute été surpris qu'Andréas te la remette tout à l'heure, au cimetière des Oliviers, après mes funérailles. Car c'est bien ainsi que cela s'est passé, n'est-ce pas ? Mon si fidèle ami… Et toi, comme je le prévoyais, tu n'as pas attendu deux minutes pour l'ouvrir…

Je pars tranquille. Je n'attends rien de l'au-delà. Tant de gens ont voulu décider de ma mort que j'ai pris le soin de la choisir.

Ne m'en veux pas d'avoir décidé de mourir en ton absence. Je n'ai pas voulu que tu me voies ainsi. Je ne ressemble plus à rien. Les douleurs ne me laissent plus le moindre repos. Ni la moindre espérance. J'ai fait en sorte qu'on te prévienne, pour que tu puisses revenir du fin fond de l'Éthiopie à temps pour mes obsèques.

Tu as dû être surpris d'y voir un rabbin. Un rabbin assez indulgent pour m'accepter ici, malgré mon suicide, en considérant que j'avais regretté d'avoir avalé un barbiturique.

Tu me croyais athée. Tu ne sais même pas exactement en quoi je suis juif... Et ce n'est pas la seule chose que je t'ai cachée...

Je relis une dernière fois cette lettre, que j'ai mis si longtemps à écrire, depuis la terrasse de notre maison, que tu aimes tant... J'écoute les *Métamorphoses* de Strauss pour la huitième et dernière fois aujourd'hui. La dernière, à jamais. J'y découvre encore de nouvelles sources d'émotion. Peut-être parce qu'il les a écrites quand j'étais en enfer...

La nuit tombe sur les remparts de la Vieille Ville. Je la verrai encore depuis ma tombe.

La mort me trouvera serein : tant de fantômes à fuir. Tant de gens très chers à retrouver. J'ai quatre-vingt-onze ans. Qui aurait pu penser que je vivrais aussi longtemps, après tout ce que j'ai traversé ? C'est sans doute à l'amour de ma mère, à l'exemple de mon père et de mon frère, à la tendresse de ta mère, que je dois cette longévité. Là où ils sont désormais, ils m'ont toujours béni et protégé. Et pourtant, la vie n'est pas facile à supporter, pour qui surplombe le monde depuis une pyramide d'ossements.

Je vais te raconter l'indicible. Pas tout… Il y a des choses que, même maintenant, je n'ai pas la force de te dire. Parle à Andréas. Il sait tout. Il répondra à tes questions. Il est plus solide que moi.

Le destin nous fait parfois traverser des événements si épouvantables qu'il est plus difficile encore d'en parler que de les avoir vécus. Et plus difficile même de se le raconter à soi-même. Voilà peut-être pourquoi le monde n'a rien su pendant si longtemps des horreurs que nous, les déportés, avons traversées.

Pourtant, ce que j'ai vécu, et que j'ai tout fait pour oublier, est encore en moi. Comme une pieuvre qui s'agrippe à sa proie. Malgré tout ce que j'ai tenté pour chasser ces souvenirs, c'est encore comme si j'avais vécu cette horreur il y a une heure. Comme si, depuis plus de soixante-quinze ans, je ne faisais que traverser un rêve, que j'allais me réveiller et me retrouver dans cette ignominie… Dans le…

T'écrire tout ce que je n'ai jamais eu le courage de te dire…

Oh, combien de fois ai-je voulu le faire ! Combien de fois ai-je été arrêté par un regard de ta mère, qui avait sans doute deviné ce que je ne lui ai jamais révélé. Et par le souvenir de ma mère, qui m'a interdit de t'en parler, ni à toi ni à personne, avant cette lettre finale... Parole tenue ? Lâcheté ? Sans doute les deux.

Alors, pourquoi prendre le risque de gâcher ta vie en te racontant tout cela à présent ?

Parce que ma mère me l'a demandé. Et que j'ai tenu toutes les promesses que je lui ai faites. Parce que tu dois tout savoir. Pour accomplir la vengeance que ma mère m'a interdit d'accomplir. Et qu'elle ne te l'a pas interdit, à toi, dont elle espérait la naissance...

Je n'ai pas été le vengeur. Tu le seras.

Pour cela, il faut que tu saches l'essentiel. Ensuite, tu feras ce que tu penseras être le mieux.

Prépare-toi au pire. À commencer par le choix de ton prénom, puisque tu ne connais même pas l'existence de ton oncle...

Je ne t'ai jamais parlé de mon enfance, de ma famille. Tu ne sais encore rien de mon passé. Tu ne sais rien de mon père et de ma mère morts tous les deux trente-six ans avant ta naissance. Tu m'as souvent demandé de t'en parler et tu t'es heurté à un mur.

Je suis né à Lyon, en octobre 1930, au moment où commençait la grande crise. Cela, tu le sais. Ma mère, Julia née Pollock, était une très belle jeune femme, avec de grands yeux noirs, une voix de sirène, des mains de madone. Une violoniste très talentueuse. Mon père, François Chardin, jeune étudiant en médecine, avait eu un coup de foudre pour elle le jour où Paul, son demi-frère, jeune violoniste prodige, l'autre fils de mon grand-père, Jean Chardin, lui aussi médecin et homme politique local, la lui avait présentée.

Tu avais donc raison quand tu m'a posé la question : oui, Paul Chardin, le célèbre musicien français, est bien le demi-frère de mon père. Tu vas comprendre pourquoi j'ai éludé cette question chaque fois que tu l'as posée.

Mon père m'a raconté (dans une lettre écrite juste avant de mourir et qu'Andréas te remettra bientôt de ma part) que Paul avait tout fait pour empêcher le mariage de mes parents. Il avait même tenté de violer ma mère après un concert où ils avaient joué ensemble. Oui, ta grand-mère était violoniste et juive. Tu comprends mieux pourquoi je me suis installé ici. Pas seulement, comme tu l'as cru, parce que ta mère est palestinienne…

Ma mère a dû interrompre une tournée de concerts pour accoucher de moi d'une façon prématurée. Mon père n'était encore qu'étudiant en médecine de dernière année, et il avait laissé d'autres médecins s'occuper d'elle. Un peu plus tard, mon père m'a raconté que je n'aurais pas dû survivre à cet accouchement.

Certains jours, en enfer, j'ai pensé qu'il eût été mieux que je ne survive pas, qu'il aurait mieux valu que je ne naisse pas ; j'en voulais à mes parents de m'avoir conçu, et même de s'être rencontrés.

C'est le comble du malheur que de penser qu'il aurait mieux valu que ses parents ne se rencontrent jamais.

Quelques mois après ma naissance, mon grand-père, Jean Chardin, le patriarche adulé de tous, le grand médecin et homme politique, est mort. C'est là que les Rembrandt sont arrivés dans la maison de mes parents. Pour le malheur de tous. Oui, j'ai bien dit des Rembrandt : sept autoportraits de Rembrandt, que Jean Chardin avait sans doute volés à une famille de ses patients. Et qu'il légua à mon père, à la demande de ma grand-mère Simone. Je t'en reparlerai plus tard.

Nous avons d'abord vécu heureux à Lyon... J'allai à l'école, puis au lycée du Parc. J'étais un bon élève. En particulier, j'apprenais facilement les langues. Depuis, tu le sais, j'ai continué à en apprendre beaucoup...

Mon père était devenu, comme son père, médecin à Lyon ; mais un médecin communiste. Paul, lui, était un violoniste de plus en plus connu. La relation entre les deux frères était épouvantable.

Le 1er mai 1936, alors que mon père partait souvent à Paris, pour travailler avec le ministre de la Santé du Front populaire, mon frère est né. Oui, tu as eu un oncle, dont tu n'as jamais connu l'existence. Il se prénommait Pierre (oui, comme toi). C'était un génie. À cinq ans, il lisait couramment, il comptait mieux que bien des adultes, et battait déjà tous les joueurs d'échecs qu'on lui présentait.

Quand la guerre a commencé, notre père a été envoyé au front. Il y a eu la défaite, et les lois antijuives. Nous ne nous sommes pas inquiétés. Nous savions, Pierre et moi, que nous étions juifs par notre mère, mais cela n'avait pour nous aucune importance : il n'avait jamais été question de religion à la maison, nous n'avons jamais eu d'éducation religieuse, ni catholique ni juive. Et nous nous appelions Chardin. Il ne pouvait rien nous arriver.

Pourtant, dès la défaite, notre père a décidé de nous cacher près de Lyon, chez des amis ; il avait compris que nous allions être visés. Ma mère pensait qu'il exagérait ; elle aurait voulu rester dans leur bel appartement de la place Bellecour.

Chassés des écoles, mon frère et moi réussissions à suivre quelques cours, donnés par des instituteurs qui réunissaient, chez eux, des enfants juifs en toute clandestinité. Ma mère disait que notre père « voyageait pour son travail ». En réalité, il était déjà dans la Résistance. À l'inverse, dès la fin de 1940, Paul, lui, était entré dans l'administration de Vichy, en charge de l'« épuration » de la musique.

Deux ans et demi plus tard, quand la zone libre a été occupée, la situation est devenue beaucoup plus difficile ; on est partis se cacher à Rive-de-Gier, chez les Bouasse, les petits-enfants de mes arrière-grands-parents maternels (des notaires de père en fils depuis quatre générations, qui vont jouer un rôle très important dans la suite de cette histoire) : il était beaucoup plus facile pour nous d'y passer inaperçus. Pour ne pas se compromettre, les Bouasse, qui n'étaient pas spécialement courageux, nous avaient trouvé une maison isolée. Pierre continuait à jouer aux échecs et à faire des mathématiques. J'ai l'impression que cela le rassurait. Et moi, je lisais, je lisais, je lisais. Et surtout, j'apprenais des langues : l'anglais, l'allemand, le russe, le polonais. Cela m'était très facile, en particulier grâce au yiddish de ma mère. Je me suis même essayé à l'hébreu, à l'arabe et au persan.

Je ne savais pas, à l'époque, que les Bouasse avaient la garde de sept tableaux de Rembrandt que mon grand-père avait légués à mon père. J'y reviendrai.

On ne voyait presque plus notre père. Il ne venait que très rarement, sans jamais prévenir et il ne restait pas plus de deux jours. On ne le rencontrait que chez des amis, ou dans une ferme. Jamais là où nous habitions.

En mai 1943, ma mère, très calme, nous a expliqué qu'il fallait qu'on soit très courageux, parce que notre père venait d'être tué par la Milice, en Lozère. En réalité, et je ne l'ai su que beaucoup plus tard, il n'était pas mort, mais le faisait croire pour nous protéger et pour se protéger.

Nous avons été arrêtés par la Gestapo le 25 juin 1943 dans la maison de Rive-de-Gier... Dénoncés... Mais par qui ? J'avais très peur. Le petit Pierre souriait. Ma mère nous tenait très fort tous les deux par la main. À la demande de Klaus

Barbie, qui dirigeait la Gestapo à Lyon, nous avons été internés à Montluc puis transférés à Drancy. J'ai appris bien plus tard, en janvier 1947, par une lettre qu'Andréas te donnera, que mon père a pris le risque insensé de sortir de la clandestinité pour aller voir son demi-frère à Vichy et lui demander d'intervenir pour nous.

Je dois te raconter tout cela. C'est une longue histoire. Et tu dois tout savoir.

Mon père est donc allé à Vichy l'été 1943 demander à son demi-frère de nous sauver. Paul en avait le pouvoir ; il a fait semblant d'accepter d'intervenir. Il a demandé en échange à mon père les sept Rembrandt que lui avait légués leur père. En expliquant qu'il n'avait qu'un mot à dire pour que la police allemande les saisisse, comme biens juifs. Oui, ton oncle, le grand Paul Chardin, a fait cela. Mon père me l'a écrit. Et tu le liras toi-même dans sa lettre. Ne l'oublie jamais. Mon père a cédé et a demandé au notaire Gabriel Bouasse (le grand-père de Léon Bouasse, qui tient encore cette étude) de remettre à Paul les codes des coffres au Crédit lyonnais de Lyon, où se trouvaient les tableaux. Le pauvre notaire, tremblant devant le puissant vichyste, a obéi.

Mais Paul n'a rien fait pour nous sauver.

À Drancy, ma mère me disait qu'elle pensait que Paul allait nous faire libérer. Elle l'attendait tous les jours. Elle plaignait ceux qui partaient vers l'Est, en disant que nous, heureusement, nous étions protégés. Elle a été foudroyée quand, le 1er novembre 1943, on nous a embarqués « pour un camp de travail à l'est de l'Allemagne », disait-on. En réalité : Auschwitz. Juste avant de monter dans le train, dans cet horrible wagon où on nous a entassés, Pierre, lui, jouait toujours, très calmement, aux échecs.

Paul n'a donc rien fait pour ma mère, mon frère et moi. Pour sa belle-sœur et ses neveux... Alors qu'il a permis la libération d'autres de Drancy. En fait, il voulait notre mort. La France tout entière voulait notre mort. Sauf quelques Justes et quelques héros. Comme mon père. Si seul. Assassiné un peu plus tard par des Français et des hommes de Barbie. Abandonné par son frère pour quelques tableaux.

Après cinquante heures de voyage, nous sommes arrivés de nuit, par un froid terrible. Nous avons d'abord dû déblayer tous les morts du wagon sur la rampe d'accès ; ils ont lâché les chiens sur les traînards et ils ont demandé de laisser toutes nos valises. L'odeur était épouvantable. Un officier SS, très grand, emmitouflé dans un long manteau noir, a brandi un revolver et a demandé à ma mère, dans un français impeccable, de choisir qui il allait exécuter, Pierre ou moi ; elle a supplié qu'il tire sur elle. L'officier s'est tourné vers moi avec la même question. J'ai fait la même réponse. Il nous a regardés longuement. Puis il a tiré sur Pierre, qui me regardait en souriant... Son regard m'accompagne encore.

Ma mère a été envoyée dans l'orchestre des prisonnières qui jouait pour les nazis ; un orchestre dirigé par Alma Rosé, la nièce de Gustav Mahler. Moi, j'aurais dû être gazé immédiatement, vu mon âge, mais, comme je paraissais beaucoup plus âgé, j'ai été envoyé dans la maison de plaisir des SS.

Oui, tu as bien lu. C'est cela que ma mère m'a interdit de te dire de mon vivant. J'ai servi pendant cinq mois d'esclave sexuel aux officiers SS et aux dignitaires de passage. Nous étions une vingtaine. On ne tenait pas très longtemps. Après un mois ou deux, en général, on nous renvoyait dans le camp où on était fusillés. Certains d'entre nous se suicidaient avant.

Aurais-tu supporté de le savoir de mon vivant ? Aurais-tu continué à me parler en sachant cela ?

Je ne t'avais jamais dit comment j'ai traversé la guerre. Tu dois le savoir, maintenant. Il le faut. Parce que ma mère me l'a demandé juste avant de mourir. Et parce que je n'ai pas à te regarder dans les yeux en te le disant.

J'ai tenu plus de cinq mois. Cinq mois. Cent cinquante jours et cent cinquante nuits.

Ma mère a tout fait pour me protéger. On communiquait par l'intermédiaire de quelques infirmiers polonais.

Quelques mois plus tard, début mars 1944, la santé de ma mère s'est dégradée. Elle a été envoyée à l'infirmerie, ce qui valait condamnation à mort. Elle y est morte le 30 mars, m'a-t-on dit. De faim, de fatigue, ou empoisonnée, comme Alma Rosé. Quelques jours plus tard, elle avait eu le temps de me transmettre une dernière lettre.

Cette lettre, je l'ai gardée. Andréas te la donnera tout à l'heure avec toutes les autres.

Après la mort de ma mère, je n'avais plus rien. Plus de père, plus de mère, plus de frère. Plus de raison de vivre. Plus de raison de supporter cette abomination. Au bout de deux semaines, j'allais me suicider quand, trois jours après la mort d'Alma Rosé, le 7 avril 1944, j'ai réussi à m'évader, dans une des très rares évasions réussies de ce camp.

L'histoire de notre évasion est très connue ; sinon que mon nom n'y apparaît pas. J'avais un peu moins de quinze ans. J'étais devenu l'ami de Rudolf Vrba, un Juif slovaque un peu plus âgé que moi qui servait de secrétaire à plusieurs officiers du camp de quarantaine, et d'Alfréd Wetzler, un autre Juif slovaque. Je ne te dirai pas comment on s'est connus... On s'est cachés tous les trois dans une pile de bois, dans une zone en construction extérieure au périmètre des barbelés, et on a réussi à quitter le camp. Trois jours plus tard, les recherches pour nous retrouver ont été interrompues. Les Allemands étaient convaincus qu'on était morts de froid. Alfréd et Rudolf ont rejoint la Slovaquie en onze jours ; ils ont rédigé leurs témoignages et les ont fait passer au Conseil juif slovaque, l'organe clandestin qui gérait ce qui restait des communautés juives de la région. Ils ont été les premiers prisonniers des camps d'extermination à témoigner directement des chambres à gaz, des fours crématoires, des fusillades et de tout le reste.

Leur histoire a été racontée à la BBC quelques jours plus tard, juste une semaine après le débarquement en Normandie. À partir de ce moment-là, plus personne dans le monde ne pouvait plus prétendre qu'il ne savait pas. Plus personne n'aurait dû continuer à refuser de bombarder les voies ferrées qui transportaient tous les jours de nouvelles victimes vers les chambres à gaz. Et pourtant...

D'autres ont essayé de s'évader ; la plupart ont été repris et fusillés. Quelques-uns ont réussi, comme mes amis Czesław Mordowicz et Arnost Rosin, un mois plus tard.

Moi, je n'ai pas voulu prendre le risque de me faire reprendre en Slovaquie ; je ne parlais pas cette langue, alors que je parlais très bien l'allemand et assez bien le russe, que j'avais appris de ma mère avec le yiddish. Je parlais aussi à peu près le polonais, que j'avais appris dans le camp... J'étais blond, aux yeux bleus. J'ai préféré rester en Pologne et attendre l'arrivée de l'Armée rouge, qui approchait. Voilà pourquoi on connaît leurs noms et pas le mien... J'allais, en me cachant, d'une forêt à une autre, d'un village à l'autre.

Un après-midi d'août, je me suis trouvé dans l'unique rue d'un village proche de Cracovie, avec, devant moi, un barrage dressé par l'armée allemande. Ils contrôlaient tous ceux qui passaient. Longuement. Je n'avais aucune chance. J'ai opéré lentement un demi-tour pour repartir dans l'autre sens et je me suis retrouvé face à un officier SS, qui m'a longuement regardé dans les yeux. Je n'oublierai jamais son regard. Si différent de ceux que je voyais dans le camp, de ceux qui... Il m'a pris par la main. Pas brutalement. Pas non plus sensuellement. Comme un ami. Il m'a fait signe d'avancer. Nous avons traversé ensemble le barrage. Il m'a conduit à la sortie du village et il m'a laissé. Sans un mot ni un regard.

Qui était-il ? Pourquoi a-t-il fait cela ? Je ne l'ai jamais su.

J'ai toujours pensé que c'était ce jour-là, à cette heure-là, que mon père avait été fusillé à Lyon, comme tu le liras dans sa lettre. Et qu'il m'avait protégé une dernière fois.

Au bout de quelques mois, j'ai enfin rencontré l'Armée rouge. Mon histoire a paru folle aux soldats. J'étais très grand. Je paraissais beaucoup plus que mon âge. Je ne suis pas circoncis. Ils m'ont pris pour un gardien d'Auschwitz tentant de s'échapper ! Je leur ai montré mon tatouage, cela ne les a pas convaincus. Ils ont failli me fusiller. Je leur ai parlé français, anglais, yiddish, russe. Je leur ai raconté Paris et ma famille de Lyon. Un colonel qui parlait un peu français (il venait d'une famille princière de Kiev et se faisait oublier sur le front, tout en rêvant de Paris) m'a remarqué. Je lui ai parlé des messes à Fourvière, des prêtres violeurs d'enfants, de la famille de mon père, des grands soyeux de Lyon. Il m'a cru et je suis devenu son interprète de l'allemand au russe. J'ai traduit pour lui pendant des interrogatoires, enfin, disons plutôt pendant des séances de torture et des simulacres d'exécution. Et même pendant des exécutions...

Je sais que, par ton métier, tu vois beaucoup d'horreurs, en Afghanistan, en Érythrée, au Congo, au Yémen et dans tant d'autres endroits. Je ne saurais les comparer avec celles que j'ai vécues. Sinon que ce que tu vois t'aidera peut-être à comprendre mieux que d'autres ce par quoi je suis passé.

Quand on est arrivés en Allemagne, avec l'Armée rouge, c'était le chaos. J'ai déserté, je me suis noyé dans la foule allemande encore si imprégnée de nazisme, d'antisémitisme et de haine des Alliés. Des mois encore de banditisme, et je me suis retrouvé dans un camp de transit, à Indersdorf. Un tout autre monde. Le camp était autogéré. J'y ai rencontré des gens magnifiques, dont beaucoup venaient de Mauthausen. Certains sont repartis très vite en Palestine. D'autres en France, en Italie, en Grèce.

Je n'arrivais pas à oublier les bruits, les odeurs, les gestes d'Auschwitz. Les nuits étaient terribles. Elles le sont toujours.

J'ai rencontré là un jeune homme un peu plus âgé (quatre ans) que moi : Andréas Dornfels, que tu connais. Sa famille était originaire d'Odessa et il avait vécu sa jeunesse à Hambourg où son père et son oncle avaient émigré. Communiste, il ne croyait ni en Lénine, ni en Staline. Son Dieu était Trotski. Il avait été arrêté à Hambourg non comme juif, mais parce qu'il était un faussaire de génie et qu'il avait fait énormément de faux papiers pour aider les communistes allemands à quitter le pays. Toute sa famille a disparu dans l'orage. Il avait été envoyé à Mauthausen. Nous sommes devenus des amis.

C'est étrange. On fait des cérémonies pour les mariages, qui parfois ne durent pas et on n'en fait pas pour célébrer une amitié qui en général ne cesse qu'avec la mort.

J'avais encore très envie de me suicider. Cette envie ne m'a jamais tout à fait quitté...

En mai 1946, après quelques mois à Indersdorf, Andréas et moi sommes partis en Autriche.

Personne ne s'occupait de nous. Personne ne voulait de nous. La Palestine ne m'attirait pas. Pas plus que l'Amérique. Et je haïssais cette France qui nous avait trahis.

J'ai fait le point sur ma vie.

J'avais connu la sérénité d'un enfant choyé, puis l'angoisse d'un adolescent traqué, puis le martyre d'un objet de plaisir, pénétré de toutes parts, piétiné, humilié, menacé de mort à chaque seconde. J'avais ensuite traversé la peur de l'évasion, puis celle de reperdre une liberté retrouvée. J'avais participé aux vengeances impitoyables des tortionnaires de mes bourreaux, puis joui de la liberté insolente d'un enfant des rues. J'avais survécu à tout cela. J'avais seize ans.

Alors, je me suis repris. Ou plutôt : Andréas m'a aidé à me reprendre.

En mars 1947, je me suis décidé à rentrer en France, dans ma seule famille, celle de mes arrière-grands-parents, les Bouasse, les notaires de Rive-de-Gier, pas très loin de Lyon, nous avait cachés jusqu'en 1943. L'étude était maintenant tenue par Gilbert Bouasse, un des petits-fils de mon arrière-grand-père. Gilbert, qui venait de succéder à son père Gabriel, le frère de ma grand-mère, mort deux mois plus tôt.

Les Bouasse. Il faudra que tu ailles les voir. C'est très important. Je te dirai plus loin pourquoi.

Andréas est venu avec moi. Nous avions l'air des deux gangsters que nous étions, la tête pleine du souvenir minutieux des atrocités que nous avions traversées. Je ne voulais pas faire comme les autres survivants, qui faisaient tout pour oublier. Je voulais remplir le vide de l'absence par la rage de la vengeance.

Les Bouasse nous ont accueillis le mieux possible. Ils m'ont assuré qu'ils tenaient à ma disposition l'héritage de ma mère et de mon père. En tout cas, ce qu'ils avaient pu en sauver. Et c'était considérable. Ils m'ont remis la lettre de mon père, écrite avant qu'il soit fusillé, et celle que son père, Jean Chardin, lui avait envoyée, en février 1930.

Ces lettres, avec celle de ma mère, que j'ai toujours réussi à conserver avec moi, formaient ce que mon grand-père Jean Chardin avait appelé un « Livre de Raison ». Cette lettre, que je t'écris, celle de ta mère et celle de ma mère viennent les compléter. Andréas te remettra tout cela.

J'ai posé mille questions à Gilbert Bouasse : Pourquoi son père avait-il accepté de donner ces tableaux à Paul sans avoir la preuve que nous étions à l'abri ? Quelle menace avait fait peser Paul sur le notaire et sa famille ? Comment Paul avait-il réussi à convaincre mon père que nous aurions été libérés de Drancy et que nous étions sains et saufs ? Pas de réponse… Il ne savait rien, disait-il, des manigances de son père avec Paul. Il était pourtant le premier clerc de son père depuis 1940. Il devait tout savoir. Il avait même assisté à l'entretien de son père avec Paul, quand il lui avait remis les codes d'accès aux tableaux. J'ai demandé au notaire où était Paul. Il m'a expliqué qu'il était vivant et toujours immensément célèbre, couvert d'honneurs, mettant en avant les résistants qu'il avait sauvés et la rescapée qu'il venait d'épouser. Il venait d'avoir la Légion d'honneur.

J'avais envie d'aller le tuer. De mes mains… Il n'aurait pas été le premier…

En pensant à ce qu'avait écrit mon père sur la vengeance, et en oubliant ce que m'avait écrit ma mère qui me l'avait interdite, j'ai été le voir à Paris, où je n'étais jamais allé encore. Il m'a reçu dans son grand appartement de l'avenue Henri-Martin dont il avait fait un musée à sa propre gloire. Je l'avais vu en photo sur les pochettes de disques que m'avaient montré les Bouasse. Il était encore plus petit qu'il ne semblait l'être sur les clichés. Il était mal rasé. Il portait une sorte de redingote rouge. Ses yeux exorbités tournaient à toute vitesse. Il se peignait sans cesse pour masquer sa calvitie aussi bien que son désarroi de me voir vivant. Il balbutia qu'il était à ma disposition et s'inquiéta de ce que je pouvais savoir. Il a fait apporter des chocolats, du café, que je n'ai pas touchés. Je ne lui ai rien dit de mes années d'enfer. Quand je lui ai parlé des Rembrandt, il expliqua qu'il ne les avait plus, car ils lui avaient été volés par des Allemands, puis retrouvés et donnés au Louvre. Je pouvais aller les réclamer, si je voulais, mais lui, qui en avait été le propriétaire légitime, s'opposerait à ce que je les reprenne et ne s'opposerait pas à ce qu'ils restent au Louvre. En réalité, j'ai appris plus tard, bien plus tard, qu'ils n'étaient pas au Louvre, mais encore dans les coffres d'une banque à Lyon et qu'il s'apprêtait à les déplacer à Lausanne, où il voulait déménager…

Il m'a proposé de l'argent. Beaucoup d'argent. J'ai haussé les épaules. De l'argent, j'en avais énormément. J'étais encore un adolescent. Que faire face à un homme aussi puissant et célèbre ? Un procès ? Aucune chance. Sinon le tuer…

Je l'ai regardé longuement dans les yeux. Très longuement. Il a dû avoir très peur...

Je suis parti sans un mot... Pour obéir à ma mère : « Si vengeance il doit y avoir, laisse-la à tes enfants. » C'est-à-dire à toi, Pierre.

Je suis retourné chez les Bouasse. Je leur ai dit que je ne voulais plus jamais entendre parler ni de Paul, ni de sa famille, ni des tableaux. Qu'ils ne m'en parlent plus jamais. Ils étaient la source de mes malheurs.

Ils m'ont d'abord aidé à revenir dans le monde des vivants, puisque j'avais été déclaré disparu. Je me suis fait appeler Yves Pollock. Et ils nous ont mis, Andréas et moi, dans le meilleur lycée de Lyon. J'ai très vite rattrapé des années de retard. J'ai lu, j'ai beaucoup lu. J'ai écouté de la musique. Je suis allé au cinéma, au musée... Tous les ans, le 1er mai, je célébrais l'anniversaire de mon frère.

J'avais décidé de ne plus jamais revoir Paul. Et de ne jamais entrer en contact avec son fils quand j'ai appris qu'il en avait un.

Andréas, lui, n'avait plus du tout envie de reprendre des études. Il est parti en Israël. Il rêvait d'en découdre.

En 1952, je suis parti à Londres pour commencer des études de droit. Au bout de trois ans, j'ai été admis à Harvard. L'héritage de mes parents, que géraient pour moi les Bouasse, me permettait de vivre très au-dessus de mes besoins.

À mon arrivée à Boston, j'ai été rattrapé par la France : le consul général m'a fait savoir que je n'avais pas rempli mes obligations militaires et que, si je ne me présentais pas immédiatement au consulat, je serais considéré comme déserteur. J'y suis allé. Je lui ai montré le tatouage sur mon bras. Sans un mot, il a signé un certificat de réforme. C'était un homme bien. François Lavergne était son nom. Je l'ai revu souvent.

J'ai aussi été rattrapé par l'administration américaine qui avait, dans une de ses fiches, la mention de l'appartenance de mon père au Parti communiste. Là aussi, cela s'est vite réglé.

J'ai fait mes études et ma thèse sur un aspect pointu du droit des affaires. *Cum laude*. Toujours sous le nom de Pollock.

Ma vie sentimentale était alors réduite à néant. J'avais toujours devant moi les images de... et des envies de suicide. Un soir de rage, j'ai fait disparaître le tatouage de mon bras.

En 1959, je suis rentré comme *junior investment officer* dans une banque de New York, la First National City Bank. Deux ans plus tard, j'ai reçu des nouvelles d'Andréas. Évasif sur ce qu'il avait fait en Israël, il m'annonçait qu'il s'était installé à Londres et travaillait pour Siegmund Warburg, qui l'avait pris en affection parce que son oncle avait travaillé à Hambourg chez Max Warburg, l'oncle de Siegmund. Dans la banque, à New York, Siegmund était une légende. Ce Juif allemand devenu anglais était l'héritier de la plus ancienne famille de banquiers de l'Histoire, et il avait réussi, en s'exilant en 1933, à recréer une maison de « haute banque » à Londres, dans la tradition de celle de ses parents, qui avaient été les conseillers du Kaiser, tandis que ses oncles étaient ceux du président Wilson. Pendant la guerre, il avait organisé le financement de l'armement britannique ; et depuis, il réussissait des opérations financières extraordinaires. Andréas m'a proposé de le rejoindre. J'ai accepté et j'ai déménagé à Londres.

Siegmund m'a associé à ses opérations les plus folles : les premières OPA, les premiers eurobonds, les premiers financements du Japon ; il s'intéressait aussi beaucoup à la politique et il m'emmena rencontrer des ministres anglais, allemands, américains et surtout les Autrichiens, qui s'occupaient beaucoup, autour du chancelier d'alors, Bruno Kreisky, d'aider à trouver une solution au problème de la Palestine. Dans sa dernière lettre, mon père me demandait d'aider à la paix. Je tenais là une occasion…

En 1967, j'ai rencontré une Anglaise d'origine grecque, Joanne Soaridis. Elle était grande, fine, des yeux d'un vert insaisissable. Elle était peintre. J'étais pour la première fois amoureux. Je pensais que je pourrais peut-être, avec elle, passer outre à mes cauchemars. Elle m'a d'abord repoussé ; et au moment où elle m'a dit oui, je me suis rendu compte que je ne pouvais toujours pas avoir de relations charnelles avec qui que ce soit. Je lui ai tout raconté. Elle accepta de m'attendre et de m'aider. Et puis, un jour de l'automne 1968, elle m'annonça qu'elle me quittait. Je n'ai pas accepté cette séparation. J'ai continué à la revoir. Elle hésitait à revenir vers moi. Deux mois plus tard, alors qu'elle venait me rejoindre à la campagne, elle est morte dans un accident de voiture…

J'ai sombré… Très profondément.

Cinq ans plus tard, en février 1973, j'ai rencontré ta mère. J'avais quarante-trois ans. Elle en avait vingt-quatre. J'ai tout de suite été merveilleusement bien avec elle. Je lui ai demandé de m'épouser. Elle a accepté.

J'ai rencontré ses frères, que tu connais, et je les ai fait rire. Nous nous sommes mariés quelques mois plus tard, juste avant la guerre de Kippour.

Quand tu es né, tout a changé. Nous avons décidé de te déclarer au consulat français sous le nom de Pierre-Abdul François Chardin. Du nom de ton oncle et de tes deux grands-pères. Et j'ai repris le nom d'Yves Chardin…

Je n'ai pas pour autant retrouvé la sérénité. Jamais. Rien, ni la douceur d'une femme à mes côtés, ni le succès professionnel, ni la puissance, ni l'argent, ne pouvait effacer ce que j'avais vécu…

J'avais pratiquement renoncé à toute idée de vengeance, quand, en 1982, deux ans après ta naissance, une journaliste allemande m'a téléphoné. Elle allait, disait-elle, publier une biographie de

Paul Chardin. Une biographie à charge. Et elle m'avait retrouvé...

Enfin ! Quelqu'un s'y intéressait ! Enfin la vérité allait éclater. Elle disait qu'elle avait parlé à une psychiatre de Saint-Malo qui savait beaucoup de choses. Je pouvais l'aider... J'ai repensé à la lettre de ma mère : ne pas me venger. Je n'ai rien dit. Enfin, presque. J'ai lâché quelques faits. Je l'ai mise sur certaines pistes... J'ai parlé du notaire de Rive-de-Gier et des tableaux. J'espérais qu'elle aille enquêter. Elle ne l'a pas fait. Le livre est paru la même année, dans une toute petite maison d'édition allemande. Très court. Très mal écrit. Tous les noms étaient là. Celui de mon père, de ma mère, de mon frère, des Bouasse. Mais rien de précis ni de convaincant. De vagues allégations. Aucune preuve. Le livre n'a eu aucun retentissement, ni en Allemagne ni ailleurs. Il n'a pas été traduit en français, ni en anglais. Paul a sans doute fait racheter tous les exemplaires, et dédommagé l'auteur, qui était certainement plus un maître chanteur qu'une journaliste ou une écrivaine.

Depuis, rien d'autre n'est jamais paru de sérieux sur Paul. Que des hagiographies de critiques musicaux. Même les biographies de son mentor, Alfred Cortot, ont toujours été très indulgentes. On y évoque à peine son passage à Vichy et les fonctions qu'il y a exercées.

On peut comprendre qu'on soit indulgent avec Richard Strauss, qui fut un immense musicien :

même s'il joua devant les nazis, il avait joué aussi auparavant pour tous les autres dirigeants allemands depuis l'empereur Guillaume et il ne fut jamais un rouage actif de la machine nazie. Paul Chardin, lui, c'est différent ! Il a été un des acteurs de la destruction des Juifs d'Europe. De plus, il continua de professer le même antisémitisme après la guerre. Comme Heidegger et tant d'autres, adulés comme lui aujourd'hui... Tel Karajan, Paul s'est débarrassé de sa femme juive dès qu'il a été à l'abri des poursuites. Et comme lui, il n'aima pas, jusqu'à sa mort, partager l'affiche avec des musiciens juifs. Il ne mérite pas de rester impuni.

La même année 1982, Siegmund m'a demandé de l'accompagner à Vienne pour rencontrer le chancelier Bruno Kreisky, l'industriel Karl Kahane et le Palestinien Issam Sartaoui, qui travaillaient à la paix en Palestine. Puis à Paris pour rencontrer le principal collaborateur du nouveau président français, François Mitterrand. Siegmund détestait ne pas avoir de connexion avec un pouvoir nouveau et il voulait savoir quoi penser de ces gens-là.

Paris... Je n'y avais jamais remis les pieds depuis que j'y avais vu Paul, plus de vingt ans auparavant. J'étais un provincial avant d'être un exilé. Et me voilà dans le bureau le plus proche de celui du président de la République française, écoutant Siegmund discuter en latin avec son conseiller spécial.

Juste après ce voyage, à ma grande surprise, Siegmund est mort. Il avait quatre-vingts ans. Il en paraissait encore quinze de moins. J'aurais dû lui succéder. J'en avais l'âge et la compétence. J'étais un des principaux associés. Tout le monde à la banque voulait que cela soit moi. Personne, pas même David Scholey, qui en rêvait aussi, n'aurait pu me disputer le poste. Mais j'ai refusé : la banque ne m'amusait plus. C'était devenu une industrie comme une autre. J'avais de nouvelles passions et la mission léguée par mon père : contribuer à la paix.

J'étais devenu, par Siegmund, l'ami des acteurs majeurs du conflit au Proche-Orient, quelques Israéliens, dont Shimon Peres, Yitzhak Rabin, Uri Savir, et quelques Palestiniens, dont Issam Sartaoui, qui a payé de sa vie, cette année-là, ses rencontres secrètes avec des Israéliens.

Ta mère m'aidait beaucoup à comprendre la psychologie et l'histoire de la région. Elle insista pour te mettre à l'école française de Londres. Elle ne voulait pas que tu perdes tes racines. Je suis resté un moment encore à la banque, comme conseiller du nouveau président, David Scholey. Je prévoyais quelles bêtises ils allaient faire. Et ça n'a pas manqué…

En janvier de l'année suivante, 1983, Klaus Barbie a été arrêté à La Paz, expulsé vers la

France et incarcéré à la prison Montluc, où mon père avait été enfermé, sur son ordre, avant d'être fusillé. Klaus Barbie ! L'assassin de mon père, de ma mère, de mon frère, et de tant d'autres... Y aurait-il le début du commencement d'une justice ? Quarante ans après les crimes ? Je suivis avec passion la préparation du procès. J'ai pensé demander à y témoigner. Mais il aurait fallu tout raconter, alors non...

Trois ans plus tard, coup de tonnerre : j'ai appris que le fils de Paul, Benjamin, avait eu une fille et qu'il l'avait appelée Sophie-Julia-Lian. Julia ! Le prénom de ma mère ! Le fils de celui qui avait livré ma mère aux Allemands avait donné ce prénom à sa fille ? Pourquoi ? Que savait-il de plus ? Son père lui avait-il parlé ? Avait-il lu ce livre allemand sur son père, que j'avais inspiré ? J'ai pensé à prendre contact avec lui. Et puis non : le serment fait à ma mère de ne pas adresser la parole aux descendants de Paul me paralysait.

Je songeais encore souvent aux Rembrandt. Je les chassais de ma pensée. Ils étaient maudits. Ils n'étaient jamais réapparus. Pourquoi le Louvre, s'ils y étaient vraiment, ne les exposait-il pas ? Ce n'était plus mon affaire.

En 1987, je suis venu à Lyon, pour la première fois, pour assister au procès de Barbie, pendant une semaine. À dix mètres de celui qui avait fait exécuter mon père, et qui était responsable de la mort de ma mère et de mon frère. Et de mon enfer. J'ai écouté les témoignages de ces gens qui osaient tout raconter. J'étais sans doute une des seules personnes dans la salle à comprendre vraiment ce qu'ils disaient et ce qu'ils n'osaient pas dire. J'ai failli m'évanouir à trois reprises...

J'ai alors recommencé à voir mon frère partout. À revivre le moment de sa mort. Sans jamais en parler à personne. Pas même à ta mère.

En novembre 1989, avec la chute du mur de Berlin, de nouvelles perspectives se sont ouvertes. Qu'en aurait pensé mon père, lui qui était mort sans avoir renoncé à son idéal communiste ? En 1991, après les accords de Madrid et la mort de Barbie, ce que j'avais prévu à Londres est hélas advenu : la finance mondiale tournait très mal, des spéculations folles se mettaient en place et la maison Warburg y participait au premier rang.

C'en était trop pour moi. Andréas et moi avons quitté la banque. Avec beaucoup d'argent. Encore plus d'argent.

Je mettais un grand espoir dans la paix au Moyen-Orient et dans la construction d'un marché commun entre tous les pays de la région. Deux ans plus tard, après les accords d'Oslo, j'ai voulu que nous nous installions à Jérusalem. Pour faire plaisir à ta mère. Elle n'a pas voulu. Tu n'avais que treize ans. J'ai quand même acheté cette maison à Yemin Moshe et nous avons partagé notre vie entre Londres et Jérusalem. Toi, tu as toujours pensé que c'était pour se rapprocher de la famille de ta mère. Tu ne savais rien du judaïsme de ma mère.

Cette année-là, Paul est mort. Je ne suis évidemment pas allé à ses funérailles grandioses. Je me sentais plus léger. J'ai songé, une fois de plus, à rencontrer son fils. Mais, encore une fois, il me fallait tenir la parole donnée à ma mère : ne parler qu'à toi, et seulement avant de mourir et te laisser la charge de décider s'il fallait nous venger. Cette lettre de ma mère, combien de fois l'ai-je relue. Pour y trouver la force de m'y tenir.

Le comte de Monte-Cristo, ce sera toi. Pas moi…

Deux ans plus tard, le 4 novembre 1995, on était sur la place quand Yitzhak est venu parler de la paix ; on était à dix mètres de lui quand il a été assassiné. J'étais prostré. Shimon a ensuite été battu aux élections. C'était fini. Pour moi, Israël était désormais condamné à devenir une sorte d'Afrique du Sud, qui sera un jour contraint d'en finir avec l'apartheid. Pour autant, ta mère et moi n'avions pas renoncé à Jérusalem, qui reste la ville de sa famille. Et la seule où je m'imaginais finir ma vie… Loin de l'Europe maudite…

Nous sommes restés quelques années encore à Londres, pour toi. Puis, quand, en 2000, tu es parti étudier à Boston, nous sommes revenus à Jérusalem. Non que je croie en l'avenir de ce pays. Mais parce que j'aime cette ville. Sa lumière. Sa sérénité. Sa spiritualité sans doute aussi. Andréas nous y avait précédés. Ta mère aimait à y recevoir des écrivains arabes et juifs. Moi, je me suis intéressé à l'archéologie. Le passé lointain est si serein… Et j'ai financé des fouilles, sous Silwan et la Vieille Ville, avec une ambition cachée : alors qu'elles visaient au départ à découvrir des traces des deux Temples juifs, là où se trouve la mosquée al-Aqsa, pour en revendiquer la propriété, mon idée était de réorienter ces recherches pour qu'elles ne servent pas de prétexte à de nouveaux conflits entre Juifs et Arabes.

On partageait notre vie entre Londres, Jérusalem et Boston, quand tu manquais trop à ta mère. Un peu en France, aussi, que je commençais à aimer retrouver.

En 2002, quelques mois après les attentats du 11 septembre, un appel de Me Léon Bouasse (le fils de Gilbert, le petit-fils de Gabriel) m'apprit qu'il avait reçu de Benjamin, le fils de Paul, les codes d'accès à un coffre de la Banque cantonale de Lausanne où se trouvaient les sept Rembrandt. Codes que, à la mort de son père, il avait repris au Louvre ! Ainsi, ils avaient bien été au Louvre… Paul ne m'avait pas tout à fait menti, cinquante ans plus tôt… Mais Paul ne les avait jamais donnés au Louvre.

Le notaire me disait que, désormais, conformément au testament de Jean Chardin, mon grand-père, fait soixante-dix ans plus tôt, c'était à moi de décider si je voulais les garder, les vendre ou les rendre au Louvre. Les tableaux étaient de retour dans ma vie. Ils en étaient pourtant sortis depuis cinquante ans. J'ai pensé une nouvelle fois à appeler Benjamin, pour comprendre. Et puis je me suis dit qu'il ne le voulait pas, sinon il m'aurait cherché... Et j'ai repensé à l'interdiction de ma mère : aucun contact avec Paul et ses descendants.

Je suis allé à Rive-de-Gier. J'ai d'abord visité la ville, j'ai fait un tour au somptueux vignoble de Condrieu, qui appartenait (et appartient toujours) à des Chardin, des cousins éloignés et dont nous avons toujours des parts ; j'ai revu la tombe de ma grand-mère Simone, celles de mon grand-père Jean et de son grand-père Kléber. J'ai retrouvé la maison où nous avions été arrêtés. Et puis, j'ai rendu visite à Léon Bouasse, et nous sommes allés ensemble à Lausanne, voir les tableaux... Ils étaient si extraordinaires, dans cette cave de banque d'où ils n'avaient pas bougé depuis un demi-siècle. Sept chefs-d'œuvre, qui semblaient former un ensemble cohérent.

Celui qui les a donnés à mon grand-père, ce Duplessix ou quel que soit son nom, d'où les tenait-il vraiment ? Comment pouvait-il ignorer qu'il s'agît de Rembrandt ? Pourquoi les Bouasse ne m'avaient-ils jamais dit que ces tableaux étaient encore là, à Lyon, quand je faisais mes études ? Certes, je leur avais décrété que je ne voulais plus en entendre parler, mais tout de même. Ils devaient craindre d'avoir à me donner des explications difficiles. Léon Bouasse semblait sincèrement ignorant des turpitudes de son grand-père et de son père. J'ai décidé de reprendre ces tableaux sans savoir encore quoi en faire, et je les ai fait transporter dans l'endroit le plus sûr au monde pour des œuvres d'art : le port franc de Genève.

J'ai de nouveau cherché leur origine. Les experts d'Amsterdam m'ont expliqué que beaucoup de tableaux de Rembrandt avaient été volés, ou perdus, au cours des siècles. Et qu'on en retrouvait de temps en temps. Ainsi, en 2016, *L'Adoration des Mages*, dont on pensait n'avoir plus que des copies à Göteborg et à Saint-Pétersbourg. En restaurant ce qu'on croyait être une de ces deux copies, en enlevant des couches de vernis, on avait découvert que c'était le vrai. Et puis deux autres : l'un, considéré comme une copie, appartenant à l'Ashmolean Museum d'Oxford ; et un autre au Allentown Art Museum en Pennsylvanie, lui considéré comme une œuvre de l'atelier du maître. Or chacun de ces tableaux est authentique et vaut entre 20 et 300 millions de dollars… Et les miens désormais, d'où venaient-ils ? Le Louvre, avait dit Benjamin à Léon Bouasse, soutenait qu'ils avaient appartenu à la collection du Dr Lacaze, ce médecin qui avait légué toute sa collection au Louvre. Il est vrai que mon grand-père parlait de ce Lacaze dans sa lettre, comme pour nous donner un indice. Mais pourquoi auraient-ils quitté cette collection ? D'autres Rembrandt de Lacaze avaient bien été donnés au Louvre, mais pas ceux-là. Pourquoi ? J'ai lancé les meilleurs enquêteurs du monde sur le sujet ; ils ont découvert que le fils de la compagne du libraire lyonnais, François Duplessix, était devenu américain et qu'il était mort au combat, dans la deuxième bataille de Corregidor aux Philippines en février 1945. Sans héritier. Je leur ai demandé de chercher s'il y avait d'autres Duplessix ici où là. Ils en ont trouvé jusqu'en Australie, mais aucune certitude que l'un d'entre eux soit apparenté au libraire lyonnais… Et encore moins au Dr Lacaze… On n'en saura jamais plus.

Alors, que faire de ces toiles ? En tout cas, je n'avais pas l'intention de les garder. Elles étaient, d'une certaine façon, liées à l'anéantissement de ma famille. Pas question non plus de les vendre et d'en tirer profit. J'avais beaucoup plus d'argent que je ne pouvais en vouloir. Les rendre au Louvre eût été une solution facile. J'ai longtemps hésité. Naturellement, j'en ai parlé avec ta mère, qui m'a demandé de lui lire ce qu'en disait mon père dans sa dernière lettre. Il avait écrit, deux fois : « Tu sauras quoi en faire. Pour qu'on ne nous oublie pas. »

Je n'avais pas réalisé l'importance particulière de cette phrase. C'est ta mère qui a compris :

« Pour qu'on ne nous oublie pas. »

C'était clair ! Nous avons alors décidé de les installer dans une salle spéciale au nom de « Julia, François et Pierre Chardin », dans un endroit qui soit le plus digne possible de ce qu'ils avaient vécu. Et nous avons choisi le palais des Nations unies, à Genève. J'ai demandé au secrétaire général à New York, qui a accepté avec joie : ce n'est pas le premier don d'œuvres d'art que les Nations unies reçoivent. Mais aucun de cette valeur.

Conformément au testament de mon grand-père, il t'appartient de confirmer ou d'invalider ce dépôt. Tu as un peu de temps : le palais des Nations unies est en travaux jusqu'en 2024.

Tu n'auras aucune formalité à remplir. Tout a été réglé avec le secrétaire général. C'est un dépôt pour une durée indéterminée, qu'un membre de notre famille pourra reprendre à sa guise pour le confier à un autre lieu, si celui-là n'est plus digne de l'abriter.

Va voir Dornfels. Il te donnera toutes les lettres dont je te parle ici. Je l'ai autorisé à t'en dire plus. Sur lui et sur nous.

Quant à notre vengeance, je t'en laisse juge. J'aurais voulu que Paul meure après moi, pour qu'il souffre de ce que tu pourrais lui faire. Mais il aura tout réussi, même cela : mourir glorieux. En tout cas, ne cherche pas à te venger sur les vivants. Cette Sophie-Julia-Lian, que je ne connais pas, est certes la petite-fille d'un monstre, mais elle n'est évidemment pour rien dans nos malheurs.

Après toutes ces découvertes, la vie a continué.

Quand, il y a six ans, en septembre 2015, ta mère est morte, j'ai été anéanti. À aucun moment je n'avais imaginé qu'elle mourrait avant moi. À ses obsèques, j'ai retrouvé ici, parmi d'autres, un de ses amis, le poète Nathan Alterman. Tu as vu hier les vers de lui que j'ai demandé qu'on écrive sur notre caveau familial :

Ne m'appelle pas excessivement
Ne m'appelle pas désespérément
Les derniers moments sont importants.
Éteins les bougies
La lumière a grand besoin de repos

Maintenant, tu comprends ce qu'ils veulent dire pour moi.

L'année suivante, tu as publié ton premier livre. J'en étais fier, même si je ne suis pas d'accord avec ton pessimisme. J'ai préféré l'article magnifique que tu as écrit pour ton journal américain après les attentats de Paris en novembre 2015.

Et puis, Benjamin est mort quelques mois plus tard. Sans que je l'aie jamais rencontré. C'est ainsi. Il n'y avait plus, à part moi, aucun témoin vivant de toute cette histoire…

J'ai vécu toutes les années qui suivirent, comme tu as pu t'en rendre compte, dans la sérénité frénétique du grand âge. Curieux de tout. Inquiet de tout. Enthousiaste du monde. Soucieux de ne jamais penser, comme tant de mes contemporains, que c'était mieux avant : comment aurais-je pu le croire ?!…

J'ai eu la chance de ne jamais penser à mon âge, sinon pour plaindre ceux qui avaient le même…

Je suis resté à la recherche de nouveaux projets de paix. Et Dieu sait combien j'en ai financé ; en Israël, en Palestine, en France, en Allemagne, en Grande-Bretagne, en Afrique, en Asie…

Aujourd'hui, 4 novembre 2021, alors qu'une pandémie bouleverse le monde, comme un signe de vengeance du ciel, c'est à mon tour de partir. Je le fais de mon plein gré. En toute lucidité ; à l'âge de quatre-vingt-onze ans. Presque aussi vieux que mon arrière-arrière-grand-père, Kléber Chardin.

Je crois en un au-delà commun des esprits ; je vais y retrouver ma mère, mon père, mon frère, ma femme. Julia, François, le petit Pierre. Et Laila.

Voilà. Tu sais tout… Enfin, presque… Que de choses aurais-je encore à te dire… Je ne peux pas… Je ne peux pas…

Je n'ai pas été un père idéal…

Oscar Wilde disait : « Les parents on les aime, puis on les juge ; et parfois on leur pardonne. »

Alors, pardonne-moi.

Je te bénis
Papa

11
Lettre de Pierre-Abdul Chardin à sa cousine Sophie-Julia-Lian Chardin

New York, 8 mai 2023

Chère Sophie,

Cette lettre n'est pas un testament, ni un Livre de Raison, ni une de ces missives qu'il est d'usage, un peu morbide à mon goût, dans nos familles, d'écrire juste avant de mourir. C'est une lettre de vie.

Je viens d'arriver à New York, et j'ai pensé à toi pendant tout le vol, prenant le temps d'écrire et de récrire ce qui suit. C'est une lettre à l'ancienne, comme on n'en écrit plus beaucoup ; et pas un courriel. Elle est un peu solennelle ; écrite sur le très beau papier qu'utilisait mon père. Et cela a beaucoup d'importance pour moi.

T'ai-je dit que, à Londres, il avait passé beaucoup de temps à essayer tous les papiers possibles, ceux des plus grandes marques (Armorial, André et Canea, Makkura, Midori, Lalo, Original Crown

Mill, Tomoe River) pour finir par en faire fabriquer un spécialement pour lui par une maison japonaise très confidentielle. C'est ce même papier que j'utilise aussi, dans les grandes occasions.

Que c'était bon de te revoir hier… Je te remercie de m'avoir pardonné. Nos relations étaient mal parties. Je ne t'avais pas dit la vérité. Et je n'ai pas su me rattraper. Je suis si heureux que tu aies fait ce qu'il fallait pour me permettre d'échapper aux sables mouvants de mes mensonges.

Même hier, je ne t'ai pas encore vraiment raconté qui je suis. Parce que tu ne m'as pas posé les questions que j'attendais. Laisse-moi t'en dire plus :

J'ai quarante-trois ans. J'ai été quitté par plusieurs femmes qui ont trouvé des hommes plus attentifs que moi. J'en ai quitté d'autres qui n'en voulaient qu'à mon argent. J'ai été marié, très brièvement, à une journaliste, aussi aventureuse et voyageuse que moi. J'ai attendu et j'attends encore le grand amour. Je n'ai pas d'enfants. Voilà pour l'essentiel…

Mon vrai nom est Pierre Chardin. Pierre-Abdul François Chardin. Je suis né en 1980 à Londres, fils d'Yves Chardin et de Laila Khalzidi. Pardonne-moi, encore une fois, de m'être présenté sous le nom de Pierre Khalzidi.

Ma mère était palestinienne et musulmane. J'ai ses cheveux noirs.

Mon père était français et juif. J'ai ses yeux bleus.

Mon père est le fils du Dr François Chardin, le neveu du musicien Paul Chardin, ton grand-père paternel. Tous les deux étaient les fils de deux mères différentes et de Jean Chardin. Voilà pour notre seul lien de sang.

La grand-mère de ton grand-père et du mien se nommait Sophie. Comme toi.

La mère de mon père était juive ; elle se nommait Julia. Comme toi...

Tu comprends mieux ?

Jusqu'à sa mort, mon père a toujours refusé de me parler de sa jeunesse et de sa famille. Ni de celle de son père ; ni de celle de sa mère : je ne savais pas qu'elle était juive et morte à Auschwitz. Ni que mon grand-père avait été fusillé par les miliciens. Ni ce qu'il avait traversé. Il ne m'a jamais parlé de son petit frère prodige aux échecs, et je n'ai appris que beaucoup plus tard qu'il en célébrait chaque 1er mai en secret l'anniversaire. Je ne savais pas non plus que le célèbre chef d'orchestre, Paul Chardin, ton grand-père, que je prenais pour un homonyme, était l'oncle de mon père... J'ai toujours été fasciné par l'intensité de ses silences et je me sentais coupable de ne pas savoir comment les rompre.

Quand tu es née à Paris, j'avais quatre ans et j'étais élève à l'école française à Londres, où mon père, qui était banquier, et ma mère, qui avait cessé d'être commissaire d'exposition pour l'épouser, avaient tenu que je sois scolarisé. Comme s'ils voulaient renouer les liens avec ce pays qui l'avait martyrisé. Quand je lui demandais si nous avions de la famille en France, il disait qu'il restait un cousin très lointain de sa grand-mère, un notaire, qu'il faudrait que j'aille voir un jour. Sans en dire plus. Je sais maintenant qu'il s'agit du notaire dont le grand-père et le père ont joué un rôle si central dans la transmission des Lettres de Raison, et dans les tribulations des Rembrandt...

Neuf ans plus tard, en 1993, l'année où est mort ton grand-père, mon père a quitté sa banque. Mes parents ont alors vécu entre Londres et Jérusalem, où ils se sont installés quand je suis parti aux États-Unis pour un master en droit, puis un doctorat en littérature comparée. J'ai toujours pensé qu'ils étaient allés s'installer dans la ville natale de ma mère. Pas que mon père était juif...

Malgré la qualité extraordinaire des cours à Harvard, je n'ai pas aimé la vie américaine. J'ai détesté la violence des rues et l'artificialité des cœurs. Je n'ai pas supporté le communautarisme et toutes les nouvelles formes de totalitarismes qui s'emparaient de mon milieu universitaire, où la repentance tournait déjà à l'obsession.

Je suis devenu journaliste. Correspondant pour Reuters en Asie du Sud. Je me suis marié avec une journaliste indonésienne. Cela a duré un an. Ma vie sentimentale est ensuite devenue n'importe quoi.

Quand ma mère est morte, en 2015, j'étais en Papouasie. Je suis rentré à temps pour ses obsèques.

Pour ne pas laisser seul mon père, j'ai demandé mon transfert et je suis devenu un des correspondants de Reuters à Jérusalem. Mais mon père n'a pas voulu que je reste, prétextant qu'il n'avait pas besoin de moi, que je ne devais pas ruiner ma carrière pour lui ; au bout de quelques mois, je suis reparti travailler aux États-Unis ; d'abord pour le *Boston Globe*. J'ai couvert les grands conflits. Et les désastres écologiques.

Un an après, en 2016, j'ai publié mon premier livre, sous le nom de Pierre Khalzidi, le nom de ma mère. Son titre (*Les Fous et les Aveugles*) faisait référence à la célébrissime réplique de Gloucester dans *Le Roi Lear* : « Les temps sont maudits quand les fous guident les aveugles. » J'y disais tout le mal que je pense de notre temps : la perte des repères éthiques, la montée des égoïsmes et des populismes, le primat de la race sur l'individu, la ruine de la nature, la dégradation du climat, le vertige des réseaux sociaux et le chacun pour soi. J'expliquais que tout cela venait du plus profond de l'homme : de sa peur de mourir qui le pousse à tuer. Et que cela continuerait aussi longtemps que le monde serait dirigé par des aveugles conseillés par des fous. Je décrivais avec minutie quelques exemples les plus récents de cette capacité des hommes et des cultures à s'autodétruire : le Rwanda, l'Éthiopie, le Soudan, le Kosovo, la RDC. J'y annonçais l'arrivée au pouvoir, dans les démocraties les mieux établies, d'apprentis dictateurs. Et, comme les dictateurs allaient se crisper de plus en plus, jusqu'à pourchasser l'idée même de démocratie, j'expliquais comment l'intelligence artificielle leur offrirait des armes terrifiantes. J'y décrivais les risques d'un holocauste nucléaire, aussi longtemps que cette arme existerait et serait entre les mais de fous et d'aveugles. J'y parlais en particulier de la France, pays sans ressort, sans projet, démocratie à l'abandon où se disputent des xénophobes militants, des écologistes bavards, des socialistes apeurés, des bourgeois soucieux des dernières modes idéologiques, des libéraux cyniques, des manipulateurs populistes ; avec une classe dominante prétentieuse, imbue de ses privilèges ; un pays où la laideur bouleverse les plus beaux paysages, où le dénigrement et la couardise forment la structure même des relations sociales. Un pays où les plus démunis enragent de voir ce qu'en font les élites. Un pays qui manque tant de respect de lui-même que tout y finira mal et qu'on n'y pourra plus rien.

En écrivant ce livre, je ne savais rien de ce qu'avaient vécu, en France, mon père, mon oncle, ma grand-mère, mon grand-père. Victimes, parmi d'autres, de ce dénigrement et de cette couardise, qu'on appelait alors dénonciation et collaboration.

Quand mon père en a lu le manuscrit, j'ai senti qu'il me désapprouvait, et qu'il mettait plus d'espoir que moi dans la nature humaine, dans la bonté des hommes. Malgré tout ce qu'il avait vécu, et dont je ne savais rien. Et, comme toujours, il est resté silencieux.

Ce livre a eu un certain succès. Il a attiré l'attention du rédacteur en chef du *New York Times*, qui m'a engagé pour couvrir les grands conflits. Pendant quatre ans, j'ai sillonné l'Afghanistan, jusqu'au départ des Américains. J'ai été en Éthiopie, en Érythrée, en Somalie, à Bukavu et à Ponzi. Quand ton père est mort en 2017, j'étais en Somalie. J'ai aussi vu très récemment la guerre en Ukraine, en Moldavie, en Pologne et ailleurs ; et les terribles orages à Taiwan et en Chine. J'ai, comme chacun, partagé (et partage encore) l'effroi devant la menace d'un cataclysme nucléaire, imminent, que j'annonçais dans mon livre. Sans compter les massacres nouveaux et renouvelés en Éthiopie et en RDC.

Un peu après, j'ai entrepris de travailler à un autre livre, auquel je pensais depuis longtemps, sur quelques génies morts très jeunes : Cao Chong, ce prince chinois mort à douze ans et dont les légendes vantent le génie, Blaise Pascal, Évariste Galois, Vincenzo Bellini, Franz Schubert, Raymond Radiguet, une jeune prodige pakistanaise nommée Arfa Karim, et quelques autres. Je n'ai appris que plus tard, par l'ultime lettre de mon père, que j'avais eu un oncle, portant le même prénom et le même nom que moi, mort à sept ans à Auschwitz, et qui était, lui aussi, un enfant prodige…

Oui, je ne l'ai appris qu'après le suicide de mon père.

Le jour de ses obsèques, il y a deux ans, je rentrai à peine, une nouvelle fois, d'Éthiopie. J'avais manqué ses derniers instants comme ceux de ma mère. Je le pensais immortel. Et il l'était, jusqu'à ce qu'il décide d'en finir.

Un de ses très vieux amis, en fait son seul ami, Andréas Dornfels, m'a remis une lettre de lui, qui me racontait sa jeunesse. Je ne sais pas si j'aurais voulu qu'il me dise tout cela en face.

Quel père fabuleux j'ai eu ! Quelle vie il a eue ! Il me manque tant...

Andréas m'a aussi donné d'autres lettres : celle de ma grand-mère Julia écrite à mon père juste avant de mourir à Auschwitz, qui lui demandait de ne pas se venger ; celle de mon grand-père fusillé par les nazis à Lyon et celle de notre arrière-grand-père commun, à toi et à moi, celui qui avait accumulé cette fabuleuse collection, dont les Rembrandt. J'ai appris ainsi l'existence d'un autre Pierre Chardin. J'ai découvert que ton grand-père les avait livrés aux Allemands, après avoir juré à mon grand-père, venu le voir en prenant tous les risques, qu'il allait les sauver. J'ai compris aussi, par ces lettres, que ton grand-père avait sans doute dénoncé le mien aux Allemands, et que c'est à cause de lui qu'il avait été fusillé. Ton grand-père a ainsi fait assassiner, ou au moins laissé assassiner, son demi-frère, sa belle-sœur et son neveu.

Après avoir exigé qu'il lui donne sept tableaux de Rembrandt, dont je n'avais jamais entendu parler, qui étaient pourtant dans la famille depuis plus d'un siècle. Ton grand-père, qui a fait enfermer à vie son épouse, ta grand-mère ; ton grand-père, qui a tant menti à son frère, à sa femme, à son fils, et à tant d'autres...

J'ai découvert alors les tribulations de ces tableaux, obtenus d'une façon suspecte par notre arrière-grand-père, volés par ton grand-père, rendus par ton père au mien, et désormais en dépôt, à Genève, en attendant ma décision définitive.

À qui étaient ces tableaux avant Jean Chardin ? Mon père avait cherché en vain.

Que faire de tout cela ? Ma grand-mère avait interdit à mon père de se venger ; elle lui avait même interdit d'en parler à ton père. Elle avait dit qu'il m'appartiendrait de le faire. « En son nom ».

Mais comment me venger d'un mort ?

Après les obsèques de mon père, j'ai emmené Andréas Dornfels dans un café, sur une terrasse qui venait de rouvrir à Jérusalem, après un épisode sévère de la pandémie.

Andréas était encore plus âgé que mon père : quatre-vingt-quinze ans ! Il était aussi petit que mon père était grand. De petits yeux noirs, une bouche minuscule. Un visage étrange parce que très étroit. Très maigre, comme s'il allait tomber en poussière à chaque instant. Des mains extrêmement fines et bien tenues. Un teint cireux. Il était vêtu d'un short ou survêtement noir très ample, qui lui donnait l'air d'un extraterrestre. Il a vérifié plusieurs fois la propreté de la table et des chaises avant de s'asseoir. Je me souvins avoir vu mon père faire très souvent ces gestes. Je comprenais enfin pourquoi.

Et puis, il m'a parlé. Longuement. D'une voix très douce, très tendre même, pour raconter les pires horreurs. Il venait d'une famille de Juifs d'Odessa réfugiés à Hambourg dans les années 1920. Son père était imprimeur et son oncle travaillait à la banque Warburg. Quand Hitler est arrivé au pouvoir, son père s'est lancé dans la fabrication de faux papiers, qui ont permis à de nombreux Juifs et à des communistes de quitter l'Allemagne ; il n'a pas voulu partir ; ils ont été arrêtés tous les deux et envoyés à Mauthausen ; Andréas n'a jamais revu son père.

Il m'a raconté son Mauthausen. Tu veux savoir ? Il faut savoir : un prisonnier obligé de manger un morceau de cadavre humain sous menace de mort et qui est quand même assassiné à coups de pierre pour l'avoir mangé. L'escalier de la mort, où les prisonniers doivent remonter des pierres très lourdes et reçoivent une balle dans la tête s'ils n'avancent pas assez vite. Deux frères qui se suicident en se jetant dans le vide parce qu'on leur demande de choisir qui des deux doit mourir. Un officier SS qui offre des détenues comme esclaves sexuelles à son fils de seize ans. Une grand-mère ukrainienne chrétienne qui livre aux SS sa belle-fille juive et ses six enfants. Tu veux en savoir plus ? Non…

Andréas m'a expliqué qu'à la fin de la guerre il s'est retrouvé à Indersdorf, une sorte de camp de transit… Il m'a raconté les anciens prisonniers attendant de partir en Israël ou en Grèce, pendant que les Allemands, tout autour du camp, étaient encore ouvertement nazis.

C'est là que mon père et lui se sont rencontrés. Même folie. Même désir d'en découdre. Pendant près de deux ans ils ont écumé les villes d'Allemagne et d'Autriche. Puis, à bout de ressources, ils sont venus ensemble en France chez les Bouasse, qui les ont reçus les bras ouverts : ils avaient sans doute beaucoup à se faire pardonner. Ils leur ont en tout cas permis de faire des études, pensionnaires dans un lycée de Lyon. Quel étrange retour aux sources…

Puis mon père, qui avait pu récupérer l'immense héritage de son père et de sa grand-mère, est parti étudier aux États-Unis. En refusant de s'intéresser aux Rembrandt, dont il pensait qu'ils avaient été donnés au Louvre. Andréas a émigré en Israël ; il y fut un temps agent secret, m'avoua-t-il. Puis il est parti à Londres, voir Siegmund Warburg, en lui expliquant que son oncle avait travaillé chez les Warburg, à Hambourg. Siegmund l'a engagé. Andréas a fait venir mon père, qui avait commencé une carrière de banquier à New York.

Andréas continuait à faire des faux papiers pour des jeunes Américains qui ne voulaient pas faire la guerre au Vietnam. Siegmund fermait les yeux.

J'ai quitté Andréas au bout de la nuit... Fallait-il obéir au désir de ma grand-mère, qui avait demandé à son fils de ne pas se venger ? Ou à celui de mon père, qui m'a demandé de le faire ? Et comment me venger d'un mort ?

La seule vengeance possible pour moi était de faire en sorte, au moins, que rien ne reste dans le monde à la gloire de Paul Chardin. Ni rue, ni place, ni salle de concert. Ni enregistrements. Rien.

Alors j'ai décidé de tout savoir sur lui et sur les siens. J'ai enquêté. Aussi froidement que possible. J'ai cherché à comprendre comment la monstruosité avait pu se glisser au cœur d'une si belle famille française. J'ai rencontré les Chardin, les Bouasse, les Pinteaux, les Forclore. J'ai visité les vignobles si sereins de Condrieu, les hôtels particuliers et les maisons closes de Lyon, les couvents de Rive-de-Gier, les palaces de Lausanne ; j'ai cherché les traces de ta mère à Hong Kong et à Shanghai (où la maison de ses parents existe toujours), d'ailleurs dans la concession française. J'ai lu les principaux livres écrits par les déportés. Ceux de Primo Levi, de Robert Antelme, de Samuel Pisar, d'Iakovos Kambanéllis, de Viktor Frankl, et tant d'autres. J'ai trouvé, avec une émotion infinie, sur un des deux murs du Mémorial de la Shoah à Paris, le nom de ma grand-mère et celui d'un autre Pierre

Chardin ; cet oncle mort à sept ans, dont je n'avais jamais entendu parler jusqu'à la lettre de mon père.

Je suis allé voir les Rembrandt à Lausanne. J'avais l'impression que Rembrandt me regardait avec gratitude. J'ai appris alors que beaucoup d'historiens considèrent qu'il était en fait un marrane, issu d'une famille juive venue du Portugal, continuant de judaïser en secret. Il avait vécu longuement dans le quartier juif d'Amsterdam ; il avait comme professeur de peinture un Juif qui lui avait appris la Bible ; il était lié au physicien juif Ephraïm Bueno, dont il a fait le portrait et au rabbin Manassé ben Israël, dont il a fait aussi le portrait ; il était un ami de Spinoza qu'il a rencontré chez Manassé. Il a peint ou dessiné aussi d'innombrables Juifs, y compris une scène représentant neuf Juifs dans une synagogue, comme s'il était le dixième, nombre nécessaire pour pouvoir prier. Il a peint des dizaines de scènes bibliques, des *Lamentations de Jérémie* à *Bethsabée au bain*, en passant par les Tables de la Loi, où les commandements sont dessinés avec une magnifique calligraphie hébraïque.

J'ai cherché à remonter aux origines de la propriété de ces tableaux. J'ai vite compris que je ne trouverais rien de plus que mon père.

Andréas est mort cette année-là. J'ai alors eu envie de rencontrer la petite-fille du monstre, la fille de celui qui avait voulu réparer les crimes de son père en rendant les tableaux à mon père.

J'ai découvert que tu vivais en Provence et que tu travaillais à des œuvres d'art à partir de la soie. La soie… Les Pinteaux… Comme un retour aux premiers métiers de notre famille.

Je t'ai écrit. Je me suis présenté comme Pierre Khalzidi et j'ai prétendu vouloir t'interroger pour un livre sur les grands collectionneurs lyonnais ; il était naturel que je te parle de Jean Chardin, ton arrière-grand-père, collectionneur lyonnais fameux ; sans te dire qu'il était aussi le mien. Je pensais pouvoir en arriver à te faire parler aussi de ton grand-père, de ton père, et même de tes grands-oncles, mes grands-parents.

J'avais besoin de comprendre ce que tu savais. J'avais besoin de savoir ce que Paul avait dit à Benjamin avant de mourir. Peut-être avais-tu même reçu une lettre posthume de ton père. Ou de ton grand-père.

Tu as accepté de me recevoir à Grignan mais pas chez toi. Il faisait froid. Janvier est froid même en Provence. Nous avons été dans un café, près de la collégiale Saint-Sauveur. J'ai été ébloui par ta beauté. Et ta voix…

Tu m'as écouté, très attentivement, en crayonnant sur un carnet que tu dissimulais sur tes genoux sous la table… Tu ne me répondais que par des phrases courtes. J'ai alors commis l'imprudence de te parler de toiles de Rembrandt, dont la rumeur courait qu'elles avaient été dans la famille. Cela pouvait sembler normal, puisque j'enquêtais sur les collectionneurs lyonnais. Je t'ai dit savoir que ton grand-père les avait confiées au Louvre, dont les conservateurs avaient tout fait pour les garder, quand ton père avait décidé de les reprendre… J'ai ajouté que je savais que ton père en avait rendu le contrôle à un notaire de province. Savais-tu lequel et pourquoi ? Je connaissais les réponses. Je voulais savoir ce que tu savais…

Tu m'as regardé très longuement. Je n'ai pas réalisé que, dès ce moment, tu m'avais reconnu.

Tu m'as raconté l'histoire de ta mère. Et celle de ton père abandonnant son métier de bassoniste dans un orchestre symphonique, pour devenir homosexuel à la mort de sa femme et trompettiste de jazz à la mort de son père. Nous en avons ri.

Tu m'as expliqué que tu ne savais rien de plus sur l'histoire de ta famille, que tu étais peu intéressée par le passé et que tu ne voulais regarder que devant. Il était tard, je t'ai laissée ; tu m'avais glissé vouloir me revoir le lendemain.

J'ai trouvé un hôtel et j'ai erré toute la nuit dans le village…

Nous nous sommes revus le lendemain, au même endroit ; j'étais encore plus sous ton charme ; de moins en moins concentré sur mon livre. Je résistais. Tu résistais. Tu as voulu me parler de ces tableaux et tu m'as montré la lettre écrite par ton père avant de mourir. La lettre qui rendait les tableaux à mon père. J'ai failli te dire qui j'étais. Et je t'ai fuie.

Un an plus tard, j'ai publié *L'Imposteur*, sous le nom de Pierre Pollock, qui est le nom de jeune fille de ma grand-mère Julia ; le nom qu'avait utilisé mon père pendant la moitié de sa vie… En fait, je savais que le titre avait un double sens : Paul était un imposteur ; mais moi aussi, j'en étais un, en publiant ce livre sans révéler être le petit-neveu du personnage principal.

Je n'ai pas osé t'en envoyer un exemplaire.

Mon livre a provoqué un énorme scandale. Je donnais toutes les preuves des crimes de Paul Chardin. En quelques mois, ont disparu toutes les traces de Paul Chardin dans Paris, puis ailleurs dans le monde. On a même supprimé ses références discographiques à la SACEM, institution qui n'avait pourtant pas spécialement brillé par son courage pendant la guerre…

En revanche, Alfred Cortot a encore des rues, des places, des salles de concert, des conservatoires à son nom un peu partout en France et dans le monde. Ses enregistrements sont encore disponibles et admirés.

Voilà, tu sais tout.

Pour les tableaux, j'ai décidé, évidemment, de confirmer le dépôt que mon père avait fait au palais des Nations unies, à Genève. C'est là où il est le plus juste qu'ils soient enfin montrés à tous. C'est là, après tout, que peut être le mieux protegée la paix, si fragile à ce moment. J'ai demandé seulement qu'on ajoute son prénom au nom de la salle : « Salle Julia, François, Pierre et Yves Chardin ». Une dernière fois rassemblés pour l'éternité…

J'ai aussi compris que ces tableaux disaient tout de la vie de Rembrandt : ses espoirs, sa grandeur, ses amours, ses déceptions, son amertume, sa vérité… ils sont comme son Livre de Raison. Qui avait pensé à les rassembler ? Pourquoi ont-ils traversé les siècles ensemble ?

Un jour, on écrira sans doute des Livres de Raison uniquement avec des images. On aurait pu le faire pour la nôtre : imagines-tu les photos à tous les âges de tous les membres de notre famille ? Alceste, Célestine, Sophie, Kléber, Épiphane, Jean, Louise, Simone, Julia, François, Pierre, Yves ? Et puis, tous les autres, les Pinteaux, les Khalzidi, les Xin, les Pollock, les Enderlin ? Sans oublier quatre générations de notaires Bouasse, sans qui rien n'aurait pu avoir lieu ? À quoi ressemblaient-ils tous ? Mon oncle, le petit Pierre, à quoi ressemblait-il ? Il n'existe aucune photo de lui…

Un jour, vers 2080 j'espère, quand tu écriras une telle lettre à tes enfants, ce sera sans doute un hologramme…

Tu vois, je ne suis pas si pessimiste que tu le penses : je crois que l'humanité existera encore dans soixante ans et que tu auras des enfants.

Et puis, il y a dix jours, tu m'as envoyé, à mon adresse new-yorkaise, un exemplaire de

L'Imposteur, en me demandant de te le rapporter dédicacé. Tu avais donc tout découvert…

Je me suis précipité en France. Nous nous sommes retrouvés à Paris… Et tu me manques déjà.

Pourrons-nous dépasser cette histoire ? Survivrons-nous à tout cela ? Pourrons-nous aller plus loin ? Je ne sais. Je n'ai jamais cru aux histoires qui finissent bien…

Pierre-Abdul Chardin

12

Lettre de Sophie-Julia-Lian Chardin à son cousin Pierre-Abdul Chardin

Grignan, 11 mai 2023

Cher Pierre,

Ta lettre reçue hier ne m'a presque rien appris. J'avais tout de suite deviné qui tu étais. Et je savais déjà presque tout ce que tu me racontes par les lettres de ma mère, de mon père, de son père, de sa mère ; et celle de son grand-père, cette première lettre, dont tout part, et dont nous avons hérité tous les deux : seule lettre commune à nos deux Livres de Raison. « Livre de Raison ». Quelle folie que d'appeler ainsi ce qui n'est au départ qu'un tissu de mensonges…

Quand tu es venu me voir à Grignan, je voulais juste comprendre jusqu'où tu irais sans me dire ton vrai nom. Sans m'avouer que nous avions le même arrière-grand-père. Sans me raconter ce que tu savais de notre vérité.

Comme tous les hommes, tu ne sais pas mentir. Et comme toutes les femmes, je sais faire croire aux hommes qu'ils mentent bien.

Tu es américain et français ; je suis française et chinoise. Tu es protestant, juif et musulman, je suis catholique et bouddhiste. Tu es né à Londres ; je suis née à Paris. Tu es l'héritier des héros. Je suis la petite-fille du monstre. Tu es sombre et pessimiste. Je suis gaie et optimiste. Tu t'intéresses au passé, je ne m'attache qu'à l'avenir. Je vis dans un des plus petits villages de France ; tu poses tes valises dans la capitale du monde. Tu décris les souffrances des humains et je ne m'intéresse qu'à l'herbe qui pousse en silence à côté de chez moi.

Qu'avons-nous en commun ? Beaucoup plus que tu ne le crois : je déteste l'idéologie qui a tué mon grand-père, en Chine, comme tu détestes celle qui a tué le tien, en France. Tu écris des livres ; et je conçois des œuvres d'art, qu'on appelle des sculptures, même si, pour moi, les livres comme les sculptures sont avant tout des êtres vivants.

Je sais qui tu es depuis le premier jour ; mais toi tu ne sais rien, ou presque, de moi.

D'abord l'essentiel : j'ai trente-huit ans, je n'ai pas encore d'enfant, je ne me suis jamais mariée.

J'ai peu connu ma mère. Elle est morte quand j'avais huit ans, en 1992, à Hong Kong. Elle m'a demandé de ne pas oublier qui j'étais.

Je n'ai quasiment pas connu mes quatre grands-parents. Les parents de ma mère, les Xin, sont morts avant ma naissance, comme ma grand-mère paternelle, Rachel. J'aurais tant voulu les connaître. Et mon grand-père paternel, Paul, est mort à Lausanne presque en même temps que ma mère mourait à Hong Kong (je l'avais rencontré pour la première fois en venant à Paris avec mon père. Il était sale, il sentait mauvais. Il était méchant, il disait des horreurs). Mon premier prénom, Sophie, est celui de notre arrière-arrière-grand-mère commune, la mère du grand-père de ton père. Mon deuxième prénom, Lian, est celui de ma grand-mère maternelle. Quant à Julia… Tu sais.

J'ai vécu une merveilleuse enfance avec mon père. Il était si gentil. Si intègre. Si malheureux aussi après la mort inattendue de ma mère. J'ai été inquiète, ensuite, de ses errances sentimentales. Et puis, j'avais quatorze ans, il a rencontré Yohann Salvador, qui était alors l'administrateur de l'opéra de Florence, après Leipzig et Rome. Autant mon père était calme et silencieux, autant Yohann était bavard et exubérant. J'ai été très heureuse pour lui. J'ai été très heureuse avec eux. Nous avons vécu dans le Marais à Paris et à Houat en Bretagne. C'était très joyeux, chez nous. Nous avons beaucoup voyagé tous les trois, pour des concerts, des festivals, des courses à la voile, de grandes marches. Ils sont restés ensemble jusqu'à la mort de mon père et je suis encore très proche de Yohann, qui vieillit bien, dans sa maison de Houat, où se trouve la tombe de mon père.

J'ai appris de lui bien des secrets de notre famille. Des choses que tu ne sais pas encore… Je ne t'en ai pas voulu de faire connaître au monde les ignominies de mon grand-père. Je ne regrette pas que tu aies fait disparaître notre nom des places publiques. Par contre, l'œuvre de Paul Chardin devrait rester dans les catalogues de disques : comme c'est le cas pour beaucoup d'artistes, son œuvre vaut bien plus que sa vie.

Ma mère, Li-Mei, m'avait écrit : « N'oublie pas que tu es aussi chinoise. Sois fière de l'être. Continue de parler, aussi souvent que tu le pourras, le mandarin. Cherche à comprendre notre histoire, nos valeurs, notre littérature, nos techniques, nos arts. Lis les livres de mon père, que j'ai gardés précieusement. Trouve un métier qui te rapproche de la Chine ou, au moins, qui ne te fasse pas oublier qui tu es. Qui je suis. Par toi, nos deux mondes se sont rencontrés. Tu portes le meilleur de cette rencontre. Porte-la plus loin. »

Et je l'ai fait.

J'ai ensuite beaucoup voyagé, d'abord en Chine, pour connaître les lieux où avait vécu ma mère, et ceux où avait souffert son père : Shanghai, Nankin, Hong Kong… J'y ai imaginé leurs colères, leurs malheurs, leurs souffrances. J'ai tenté de donner de l'épaisseur aux quelques phrases qu'elle y consacre dans la lettre qu'elle m'a adressée avant sa mort. J'ai essayé d'imaginer mon grand-père, Xin Tao, ce grand intellectuel humilié, désespéré, qui ne pensait qu'à étudier et à transmettre, et qui fut pour cela envoyé dans un camp de la mort. J'ai essayé d'imaginer ma grand-mère, Tsia-Tsiu Lian, qui devait être une femme extraordinaire, d'une incroyable force de caractère. Comment a-t-elle pu ne pas désespérer après tout ce qu'elle avait traversé ? J'ai pris un thé à la pension Helena May, à Hong Kong, qui existe toujours.

J'ai appris le mandarin. Puis je me suis lancée dans des études d'histoire de l'art.

J'ai connu beaucoup d'amours. Quelques hommes, beaucoup de femmes... Des rêves. Des combats aussi. Des colères. Des révoltes : j'ai vécu quelque temps à Notre-Dame-des-Landes.

Ce temps-là est fini. Désormais, je déteste les collapsologues et les survivalistes. J'ai trop vu le regard triste et angoissé des enfants qui croient à leurs prophéties de malheur. On ne doit pas désespérer les enfants. Jamais. Rien n'est jamais perdu.

J'ai essayé mille métiers : potière, calligraphe, tisserande, peintre ; et j'ai découvert que ce que j'aimais plus que tout, c'était d'imaginer des œuvres avec de la soie ; certains les appellent des sculptures. Moi, je les appelle des êtres vivants. Ou des éclats de rire. Parce que j'aimerais faire rire ceux qui les approchent. Juste parce que la proximité de mes œuvres les rendrait heureux.

Et puis, j'ai découvert Grignan.

Que t'en dire ? Parfois, on découvre qu'on est fait pour un lieu, auquel rien a priori ne nous rattache... c'est ce qui m'est arrivé ici. Rien ne me liait à ce coin de la France. Je n'y ai aucune famille, aucune amante, aucun amant, aucun ami, aucune amie. J'ai pourtant le sentiment d'y avoir toujours vécu. Ici, j'aime le thym et le chocolat noir. Le miel et la salade de mâche.

J'y ai trouvé ma place. Connais-tu les livres de Carlos Castaneda ? Il explique si bien ce qu'il faut faire pour trouver sa place. Nous en parlerons...

Ma vie, depuis, se résume à des œuvres, des collectionneurs, des galeries, des musées. Des œuvres encore... Des voyages dans le monde entier pour les installer. Partout. Même en Chine. Et puis des séjours très fréquents, au moins deux fois par an, à Sedona, en Arizona, dont la lumière m'est indispensable. J'aimerais t'y amener un jour... Ce n'est pas si loin de ton New York.

Voilà, tu sais tout ce qu'il y a à savoir sur moi.

Le temps est venu de la réconciliation des derniers survivants de notre si belle famille française. Le temps est venu pour nous de nous aimer, toi et moi, hors des livres et des chemins de raison. Pas d'une façon charnelle. L'inceste me serait impossible, même s'il ne semble pas l'être à l'homme que tu es.

Nous nous aimerons d'une forme plus haute d'amour.

Continue à écrire des livres. Oublie la haine et la violence. Oublie la politique. N'écris plus sur les monstres. Et, même s'il y a des choses monstrueuses en chacun de nous, on peut dompter cette monstruosité en faisant confiance à la beauté, et au plaisir de faire plaisir. Il y a des gens humbles qui font des choses magnifiques. Partout.

N'écris plus que des choses positives. Ton livre sur les enfants prodiges sera formidable. Nous sommes tous des enfants prodiges et c'est un prodige que de réussir à rester un enfant. Trop rares sont ceux qui y parviennent.

Tu as raison de ne pas reprendre ces tableaux : ils incarnent un passé monstrueux, dont notre famille doit se libérer. Je n'aurais peut-être pas choisi de les laisser en ce lieu-là, quintessence à mes yeux d'une bureaucratie internationale inutile, sinon néfaste. Comme on l'a vu récemment. J'aurais décidé que cette collection si fabuleuse, qui représente à elle seule la condition humaine, changerait de lieu, d'écrin, disons tous les dix ans, au bon vouloir de nos descendants. Pour être installée à chaque fois dans un lieu d'espérance, un lieu-phare pour l'humanité, un lieu-guide. Un lieu de non-violence absolu. Pour le premier, j'aurais choisi le monastère de Taktshang, au Bhoutan.

Je n'aime pas trop écrire. Et je n'écrirai sans doute jamais une Lettre de Raison à mes enfants : pourquoi faudrait-il les encombrer de nos malheurs ? Pourquoi les alourdir de nos secrets ?

Tu vas aimer l'endroit où je vis, loin des tumultes et des menaces. Ma maison est juste à côté de la collégiale Saint-Sauveur, assez près pour entendre les harmonies monter des tuyaux de son orgue.

Je t'y attends quand tu voudras.

S'il te plaît, ne t'inquiète pas : même si nous n'aurons jamais d'enfants ensemble, nous n'avons pas fini de nous parler d'amour.

Sophie-Julia-Lian

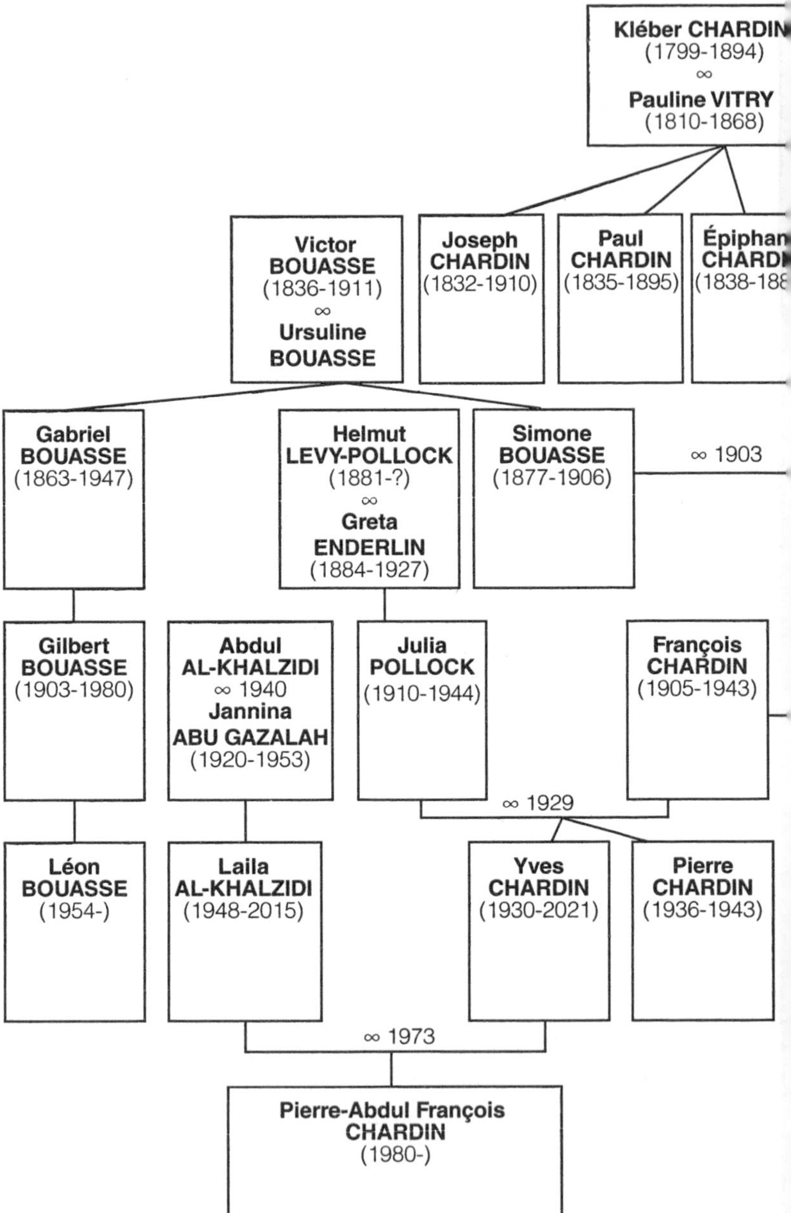
Kléber CHARDIN (1799-1894) ∞ Pauline VITRY (1810-1868)
Victor BOUASSE (1836-1911) ∞ Ursuline BOUASSE
Joseph CHARDIN (1832-1910)
Paul CHARDIN (1835-1895)
Épiphan CHARD (1838-18
Gabriel BOUASSE (1863-1947)
Helmut LEVY-POLLOCK (1881-?) ∞ Greta ENDERLIN (1884-1927)
Simone BOUASSE (1877-1906)
∞ 1903
Gilbert BOUASSE (1903-1980)
Abdul AL-KHALZIDI ∞ 1940 Jannina ABU GAZALAH (1920-1953)
Julia POLLOCK (1910-1944)
François CHARDIN (1905-1943)
∞ 1929
Léon BOUASSE (1954-)
Laila AL-KHALZIDI (1948-2015)
Yves CHARDIN (1930-2021)
Pierre CHARDIN (1936-1943)
∞ 1973
Pierre-Abdul François CHARDIN (1980-)

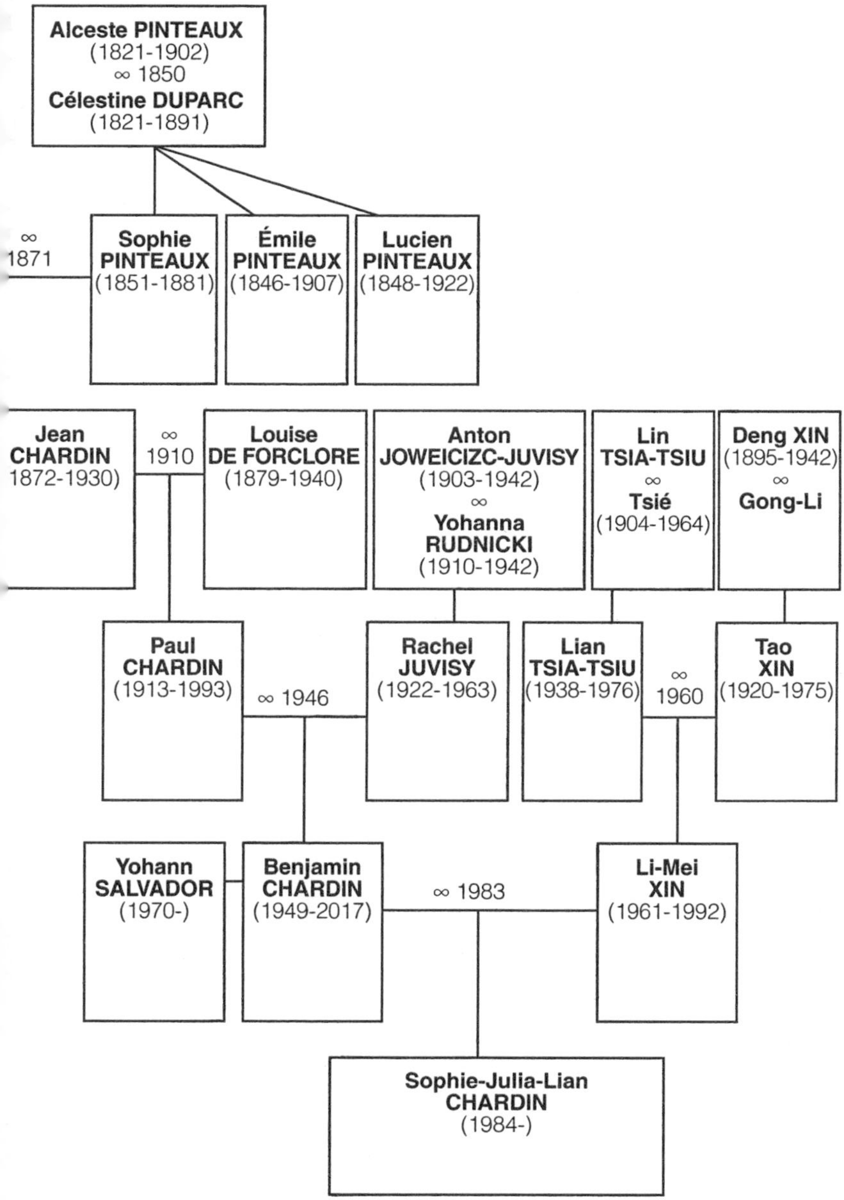
Alceste PINTEAUX
(1821-1902)
∞ 1850
Célestine DUPARC
(1821-1891)
∞
1871
Sophie
PINTEAUX
(1851-1881)
Émile
PINTEAUX
(1846-1907)
Lucien
PINTEAUX
(1848-1922)
Jean
CHARDIN
1872-1930)
∞
1910
Louise
DE FORCLORE
(1879-1940)
Anton
JOWEICIZC-JUVISY
(1903-1942)
∞
Yohanna
RUDNICKI
(1910-1942)
Lin
TSIA-TSIU
∞
Tsié
(1904-1964)
Deng XIN
(1895-1942)
∞
Gong-Li
Paul
CHARDIN
(1913-1993)
∞ 1946
Rachel
JUVISY
(1922-1963)
Lian
TSIA-TSIU
(1938-1976)
∞
1960
Tao
XIN
(1920-1975)
Yohann
SALVADOR
(1970-)
Benjamin
CHARDIN
(1949-2017)
∞ 1983
Li-Mei
XIN
(1961-1992)
Sophie-Julia-Lian
CHARDIN
(1984-)

Remerciements

Ce roman est nourri, comme tout autre, d'innombrables lectures et de conversations avec des centaines de gens ; mes principales sources d'inspiration ne sont plus là. Parmi ceux, encore vivants, qui ont bien voulu converser récemment avec moi sur certains aspects de certains épisodes de cette histoire : Bethsabée Attali, Fabienne Attali, Jérémie Attali, Jérôme Bonnafont, Stéphanie Bonvicini, Nicolas Brimo, Renaud Capuçon, Frédéric Chaslin, Diane Derat-Carrière, Charles Enderlin, Erik Orsenna, Patrick Souillot.

David Choukroun a bien voulu m'assister dans la mise en forme des arbres généalogiques et dans mes recherches sur l'orchestre des femmes d'Auschwitz.

Sophie de Closets a accompagné l'écriture de ce livre depuis son début, il y a trois ans, avec son enthousiasme et son exigence communicatifs. Diane Feyel a suivi, avec son très grand professionnalisme habituel, mon travail sur des épreuves sans cesse remaniées.

Qu'ils en soient tous ici remerciés.

Naturellement, ce n'est qu'un roman…

Table

DU MÊME AUTEUR

Essais

Analyse économique de la vie politique, PUF, 1973, 2015.

Modèles politiques, PUF, 1974.

L'Anti-économique (avec Marc Guillaume), PUF, 1975, 2015.

La Parole et l'Outil, PUF, 1976.

Bruits. Économie politique de la musique, PUF, 1977 ; Fayard, 2000.

La Nouvelle Économie française, Flammarion, 1978.

L'Ordre cannibale. Histoire de la médecine, Grasset, 1979.

Les Trois Mondes, Fayard, 1981.

Histoires du temps, Fayard, 1982.

La Figure de Fraser, Fayard, 1984.

Au propre et au figuré. Histoire de la propriété, Fayard, 1988.

Lignes d'horizon, Fayard, 1990 ; Le Livre de Poche, 2004.

1492, Fayard, 1991 ; Le Livre de Poche, 2004.

Économie de l'Apocalypse, Fayard, 1994.

Chemins de sagesse. Traité du labyrinthe, Fayard, 1996 ; Le Livre de Poche, 1998.

Fraternités. Une nouvelle utopie, Fayard, 1999 ; Le Livre de Poche, 2002.

La Voie humaine, Fayard, 2000 ; Le Livre de Poche, 2006.

Les Juifs, le Monde et l'Argent, Fayard, 2002 ; Le Livre de Poche, 2007.

L'Homme nomade, Fayard, 2003.

Raison et Foi. Averroès, Maimonide, Thomas d'Aquin, Bibliothèque nationale de France, 2004.

Une brève histoire de l'avenir, Fayard, 2006, 2009, 2015 ; Le Livre de Poche, 2010, 2011.

La Crise, et après ?, Fayard, 2008 ; Le Livre de Poche, 2009.

Le Sens des choses, avec Stéphanie Bonvicini et 32 auteurs, Robert Laffont, 2009, 2012 ; Le Livre de Poche, 2010.

Survivre aux crises, Fayard, 2009 ; rééd. sous le titre *Sept leçons de vie*, Le Livre de Poche, 2010.

Tous ruinés dans dix ans ?, Fayard, 2010 ; Le Livre de Poche, 2011.

Demain, qui gouvernera le monde ?, Fayard, 2011 ; Pluriel, 2012.

Candidats, répondez ! Précis à l'usage des électeurs, Fayard, 2012.

La Consolation, avec Stéphanie Bonvicini et 18 auteurs, Naïve, 2012.

Avec nous, après nous… Apprivoiser l'avenir, avec Shimon Peres, Fayard-Baker Street, 2013.

Histoire de la modernité. Comment l'humanité pense son avenir, Robert Laffont, 2013 ; Flammarion, 2015.

Urgences françaises, Fayard, 2013 ; Pluriel, 2014.

Devenir soi, Fayard, 2014 ; Pluriel, 2018.

Peut-on prévoir l'avenir ?, Fayard, 2015 ; Pluriel, 2016.

Le Destin de l'Occident (avec Pierre-Henry Salfati), Fayard, 2016.
Vivement après-demain !, Fayard, 2016 ; Pluriel, 2016.
Histoires de la mer, Fayard, 2017 ; Pluriel, 2018.
Les Chemins de l'essentiel, Fayard, 2018 ; Pluriel, 2019.
Comment nous protéger des prochaines crises, Fayard, 2018.
Histoires de l'alimentation, Fayard, 2019 ; Pluriel, 2021.
L'Année des dupes. Alger, 1943, Fayard, 2019 ; Pluriel, 2021.
L'Économie de la vie, Fayard, 2020 ; Pluriel, 2022.
Histoires des médias. Des signaux de fumée aux réseaux sociaux, et après, Fayard, 2021.
Il y aura d'autres jolis mois de mai, Fayard, 2021.

Dictionnaires

Dictionnaire du XXIe siècle, Fayard, 1998 ; Le Livre de Poche, 2000.
Dictionnaire amoureux du judaïsme, Plon/Fayard, 2009 ; rééd. sous le titre *Petit dictionnaire amoureux du judaïsme*, Pocket, 2014.

Romans

La Vie éternelle, Fayard, 1989 ; Le Livre de Poche, 1990.
Le Premier Jour après moi, Fayard, 1990 ; Le Livre de Poche, 2004.
Il viendra, Fayard, 1994 ; Le Livre de Poche, 1995.
Au-delà de nulle part, Fayard, 1997 ; Le Livre de Poche, 1999.

La Femme du menteur, Fayard, 1999 ; Le Livre de Poche, 2001.

Nouv'Elles, Fayard, 2002 ; Le Livre de Poche, 2004.

La Confrérie des Éveillés, Fayard, 2004 ; Le Livre de Poche, 2008.

Notre vie, disent-ils, Fayard, 2014 ; Le Livre de Poche, 2016.

Premier Arrêt après la mort, Fayard, 2017 ; Le Livre de Poche, 2018.

Meurtres, en toute intelligence, Fayard, 2018.

Biographies

Siegmund Warburg, un homme d'influence, Fayard, 1985 ; Le Livre de Poche, 1986.

Blaise Pascal ou le Génie français, Fayard, 2000 ; Le Livre de Poche, 2010.

Karl Marx ou l'Esprit du monde, Fayard, 2005 ; Le Livre de Poche, 2007.

Gândhî ou l'Éveil des humiliés, Fayard, 2007 ; Le Livre de Poche, 2009.

Phares. 24 destins, Fayard, 2010 ; Le Livre de Poche, 2012.

Les Penseurs du monde : Pascal, Marx, Gândhî, Robert Laffont, 2012.

Diderot ou le Bonheur de penser, Fayard, 2012 ; Pluriel, 2013.

Théâtre

Les Portes du Ciel, Fayard, 1999.
Du cristal à la fumée, Fayard, 2008.
Théâtre (réunissant *Les Portes du Ciel* et *Du cristal à la fumée*, ainsi que *Il m'a demandé de l'attendre ici* et *Présents parallèles*), Fayard, 2016.

Contes pour enfants

Manuel, l'enfant-rêve (ill. par Philippe Druillet), Stock, 1995.

Mémoires

Verbatim I, Fayard, 1993 ; Le Livre de Poche, 1998 ; Robert Laffont, 2011.
Europe(s), Fayard, 1994 ; Le Livre de Poche, 2002.
Verbatim II, Fayard, 1995 ; Le Livre de Poche, 1998 ; Robert Laffont, 2011.
Verbatim III, Fayard, 1995 ; Le Livre de Poche, 1998 ; Robert Laffont, 2011.
C'était François Mitterrand, Fayard, 2005 ; Le Livre de Poche, 2007 ; Fayard-*Le Nouvel Observateur*, 2012 ; Pluriel, 2016.
L'Intégrale des chroniques, volume I, L'Express éditions, 2011.
À tort et à raison. Entretiens avec Frédéric Taddei, Éditions de L'Observatoire, 2020.

Rapports

Pour un modèle européen d'enseignement supérieur, Stock, 1998.

L'Avenir du travail, Fayard-Institut Manpower, 2007.

300 décisions pour changer la France, rapport de la Commission pour la libération de la croissance française, XO-La Documentation française, 2008.

Paris et la Mer. La Seine est Capitale, Fayard, 2010.

Une ambition pour 10 ans, rapport de la Commission pour la libération de la croissance française, XO-La Documentation française, 2010.

Pour une économie positive, groupe de réflexion présidé par Jacques Attali, Fayard-La Documentation française, 2013.

Francophonie et francophilie, moteurs de croissance durable, rapport au Président de la République, La Documentation française, 2014.

100 jours pour que la France réussisse, Fayard, 2016.

Vers une révolution positive, groupe de réflexion présidé par Jacques Attali, Fayard, 2018.

Faire réussir la France, France Positive sous la direction de Jacques Attali, Fayard, 2021.

Beaux-livres

Mémoire de sabliers. Collections, mode d'emploi, Éditions de l'Amateur, 1997.

Amours. Histoires des relations entre les hommes et les femmes (avec Stéphanie Bonvicini), Fayard, 2007 ; Le Livre de Poche, 2010.

Cet ouvrage a été imprimé en France par
CPI Brodard & Taupin
Avenue Rhin et Danube
72200 La Flèche (France)

pour le compte des Éditions Fayard
en avril 2022

Photocomposition Nord Compo à Villeneuve-d'Ascq

PAPIER À BASE DE FIBRES CERTIFIÉES

Fayard s'engage pour l'environnement en réduisant l'empreinte carbone de ses livres. Celle de cet exemplaire est de :
950 g éq. CO_2
Rendez-vous sur www.fayard-durable.fr

N° d'édition : 40-8150-8/01 - N° d'impression : 3047287